Ferdinand Eberl

**Die Deutschen unter den Muselmännern**

Ein Schauspiel in fünf Aufzügen

Ferdinand Eberl

**Die Deutschen unter den Muselmännern**
*Ein Schauspiel in fünf Aufzügen*

ISBN/EAN: 9783743457928

Hergestellt in Europa, USA, Kanada, Australien, Japan

Cover: Foto ©Andreas Hilbeck / pixelio.de

Manufactured and distributed by brebook publishing software (www.brebook.com)

Ferdinand Eberl

**Die Deutschen unter den Muselmännern**

# Die Deutschen unter den Muselmännern.

Ein Schauspiel in fünf Aufzügen,
von
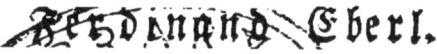
~~Ferdinand~~ Eberl.

Wien
Bey Meyer und Patzowsky
am neuen Markte.

1793.

Prinz Eichenkron, kommandirender Feldmar-
   schall der deutschen Truppen.
General Donbrunn.
Oberste.
Obrist Ferthin.
Hauptmann Oldenberg, unter dem Nahmen
   Ali.
Noch ein Hauptmann.
Adjutanten. Offiziers.
Bassa Selim, Kommandant der Festung.
Mulai Hassan, Bassa von Zangira.
Viele Begh's und Kriegsoberste.
Absimalek, Derwisch.
Iman.
Mehrere Imans.

Achmet,  
Hassan,  } vom Divan.  
Abdul,  
Hamut,  

Frank, Gärtner des Selims.
Julie, Gefangene des Bassa.
Ein redender Lieutenant.
Ein redender Aga.

Vieles Gefolge, Wachen, Janitscharen, Griechen; deutsche Soldaten, vorzüglich Gre-
   nadiers.

# Die Deutschen unter den Muselmännern.

## Erster Aufzug.

Die Scene: ein schlecht möblirtes Zimmer in Frankens Hause.

### Erster Auftritt.

Frank, Abdimalek (sitzen an einem Tisch, haben Wein vor sich, und Ali daneben.)

Frank, (schenkt ein.)

Lustig drauf los (zum Ali) trink Bruder! ist dein Landsmann! ein herrlicher Grinzinger von Anno 46 — das ist ein Weinel! — den dir sogar die Herren (auf den Abdimalek zeigend) statt Medizin brauchen, nicht wahr, Bruder?

Abdi. Herrlich! trefflich! — eine wahre Lebenstinktur.

Frank. Nu da siehst! — was das für ein Lob ist — — eine Lebenstinktur — so nennst du ihn! ein Beweis, daß du ein Weinkenner bist.

Abdi. Beim Bart des Propheten — hast recht — ein Derwisch, wie ich bin, muß so was genau kennen, — lustig! mir fliegen alle Wünsche entgegen.

Frank. Den Beweis davon — sieht man dir am Bauch an — hie! — was das für eine ansehnliche Peripherie ist! hu! — wie viele Schurkenstreiche wohl dazu nothwendig waren — deinen Bauch so fett zu machen. —

Abdi. Gerade soviel — daß du ein grosser Rechenmeister werden könntest — wenn du sie berechnen wolltest.

Frank. Hm! das wäre wohl eine Kleinigkeit — ich multiplicire dich mit dir selbst — so find ich das Hauptprodukt sicher —

Abdi. Bravo! — he! he! he! — Bruder noch ein Glas auf den Einfall. —

Frank. Meinethalben auch zwey — aber wie zum Kukuk sitzt denn der da? als ob die Ameißen in seinem Hirnkasten geheime Konferenz hielten — nu Bruder! wirst du deinem alten ehrlichen Kameraden Bescheid thun? —

ein Schauspiel.

Ali. (stößt mit dem Glas an) Profit!

Frank. Kurz und gut! Bruder. Aber zum Henker sag mir doch, warum bist du heute so wetterlaunisch? —

Abdi. (hält ihm das Glas zu) Wo ist der deutsche Muth?

Ali. (aufstehend) Im Herzen — nicht im Kopfe, Derwisch! —

Frank. (zum Derwisch) Das geht uns zwey an — wollen wir wohl den dritten Angriff wagen? Bruder Derwisch! hast noch Courage auf solch' eine Festung? (eine Bouteille zeigend.)

Abdi. Ohne Sorge! will so lange Bresche dreinschiessen, bis sie nicht mehr auszubessern seyn soll, hi! hi! hi! a propos Ali ich hätte dir eine wichtige Neuigkeit über unsere Belagerung vergessen — der Bassa von Zangira kömmt noch diesen Morgen mit 10,000 Spahis, unserer Besatzung zu Hülfe. —

Ali. Der Bassa von Zangira? und 10,000 Spahis sagst du Derwisch? — womit bürgst du für die Wahrheit?

Abdi. Mit meinem Bauche — denn dies ist das beste Stück, was ich an mir habe —

Ali. Und wo erfahren diese Neuigkeit? —

Abdi. Im Kabinet der Wahrheit, im Keller des Bassa. Mein Herzensbrüderchen, der ehrliche Kerl von einem Defterdar — der für 50 kaiserliche Dukaten in jeder Minute bereit ist, auf des Bassa Kopf mit einem von seinen Damaszenern schwarz zu treffen — hat mir's gesagt — glaubst du's nun wohl?

Ali. Der Defterdar, — Ali Hassan — habe dir's gesagt, der? —

Abdi. Der Defterdar Hassan hat mir's gesagt.

Ali. Der Defterdar? — der vertrauteste Freund des Bassa — sein Liebling? nimmermehr, du lügst Derwisch, du lügst — —

Abdi. Lügen? Christ! wir haben ja Kontrakt mitsammen — und die erste Lüge macht ja eine Nulle — und ich denke doch — —

Frank. Noch mehr christliche Dukaten zu verdienen.

Ali. Also reine Wahrheit? —

Abdi. So rein als der Wein — der aus des Bassa Kollkfäßchen floß — Morgen Frank, kommen 10,000 Spahis Succurs — und der Bassa soll ein Mann seyn, der's Handwerk versteht — Die Sache gieng so recht in der Stille — der Defterdar sprach von diesem Bassa so vieles — es s● gar ein mächtiges Geheimniß dahinter liegen —

Ali. Ein Geheimniß? —

Abdi. Laß das nur meine Sorge seyn — bis morgen weißt du alles, was du zu wissen

ein Schauspiel.

brauchſt — für heute denk' ich, hält die Neuigkeit auf der Wage unſers Vertrags die Zunge — —

Ali. Denn hätte ich gegen den Derwiſch verlohren — ſo bleibt die Zunge auf meiner Seite (wirft ihm einen Beutel zu) Und dein Kopf haftet für deine Zunge.

Abdi. (wiegt die Börſe) Hm! Du weiſt mit der Verſchwiegenheit gut umzugehen — und wegen des Baſſa Kopf? —

Ali. Geſchicht, wenn dir der deinige lieb iſt, keine weitere Meldung — Der Deutſche ſucht ſeines Mannes Stirne. Mit Meuchelmördern wollen wir uns verſehen — wenn wir einſt gegen deines Gleichen zu Felde ziehen —

Abdi. Franke! ich bitte dich, verhunz' doch das Meiſterſtück deiner Schurkerey nicht durch ſo affektirende Grillen von Ehrlichkeit; es ſollte mir wahrlich leid thun, dein Spießgeſelle zu ſeyn —

Ali. Spießgeſelle? —

Abdi. Hm! es wäre wohl mit unſerer Kammeradſchaft auf der Neige, — weil das Spiel zu Ende geht! —

Ali. Kammeradſchaft! — ey! nicht doch mein ehrlicher Derwiſch — du ſollſt für deine Kundſchaft und deine Schliche nach deutſcher

Redlichkeit belohnt seyn — Wort ist Wort — und wenn wir's gleich einem Schurken zugesagt haben. —

Abdi. (reicht ihm ein Glas) Bruder das ist mein Sentenz — thu mir doch drauf Bescheid — — Morgen schlafen wir unter deutschen Fahnen, der Prophet gebe seinen Segen dazu —

Ali. (nimmt das Glas) Dahin lenke es die Vorsicht, die allein das Wohl der Völker wiegt — (nachdem er getrunken, sagt er zu Franken heimlich) laß mir den Derwisch nicht aus dem Gesichte — der Schurke ist dann am meisten zu fürchten, wenn er zu moralisiren anfängt.

Frank. Gut — ich will ihn verfolgen wie die Trud meine Amme — doch denk' ich: so lange mein Keller an vollen Bouteillen keinen Mangel hat, und mein Weib ihre hübschen rothen Backen nicht verliert — soll's wohl keine Noth haben, den verliebten Kerl wo anders suchen zu müssen.

Ali. Morgen Mittags sehen wir uns wieder — — Bruder! auf deine Ehrlichkeit bau' ich. Noch diese Nacht schläfst du — unter der Sorge eines eisernen Zepters! — Morgen, so Gott will! — wiegt Menschenliebe, und Rettung aus der Sclaverey — eure Augen in sichere Ruhe — Bruder! du hast bey

dieser Unternehmung nicht den schlechtesten Theil
— auch das Loos der Freude soll nicht in die
geringe Wagschaale fallen — der Tod allein
könnte uns das Concept verderben.

Frank. Mag er! so wird er doch so höf=
lich seyn, und mir ein Plätzchen anweisen,
wo ich dem Spase zusehen kann — und damit
für mich genug. Wer alles in der Welt nur
für sich thut, versteht's Handwerk, hohl mich
der Teufel, schlecht; denn mit sich nimmt er
wahrlich nichts — Ein Mensch lebt für den
Andern — nur für den lebt Keiner, der
glaubt, daß für ihn alle leben wollen —

Ali. Dieser Kuß — für diese Gesinnung
— Bruder! Freund! Deutscher — wir siegen
— denn der Vorsicht bestes Werkzeug bei die=
ser edlen Unternehmung war — eine redliche
Seele — und also schon ihr erster wohlthäti=
ger Wink; — itzt lebe wohl — — Noch einen
Schritt für dies arme Herz — und dann zur
grossen Arbeit — für das Wohl vieler Men=
schen. (geht ab.)

## Zweyter Auftritt.

Der Derwisch, Frank.

Frank. (der Ali eine Zeit lang nachgesehen, und
sich eine Thräne aus den Augen wischt) Ich muß

nur wieder zur Flasche gehen — der jagt mir's Wasser in die Augen, wie der März dem Weinstock — eine gute ehrliche Seele — seit den sechs Monaten, als er bei mir ist, liebe ich ihn wie meinen Sohn — und wenn das Stückchen gelingt, so kann er sich wohl auch ein Bändchen in's Knopfloch verdienen — heysa! (zum Derwisch) Meister Derwisch, fang wieder von vorne an.

Abdi. Es ist wohl schon spät in der Nacht? — —

Frank. Der Mond steht noch nicht über der grossen Moschee — kann also kaum an der roten Stunde seyn — doch, was kümmert uns das — in unserer Gurgel hat's noch weit auf Mitternacht — also da capo —

Abdi. Meinetwegen — also auf unsere Freundschaft —

Frank. (bei Seite) Wann der Kerl nicht daran erstickt — so soll's mich wundern.

Abdi. Unter uns gesagt — was hältst du von dem jungen Menschen?

Frank. Daß er der brav'ste Kerl unter der Sonne sey.

Abdi. (trinkt) Das sag ich auch. Er hat Feuer.

Frank. Das hoff' ich soll morgen die Festung spüren.

**Abdi.** Alſo ſoll's morgen wirklich drüber losgehen?

**Frank.** Die ſicherſte Nachricht, Freund! kannſt du bei dem Kommandanten der feindlichen Armee erfahren.

**Abdi.** (trinkt) So ſo! — apropos — was denkſt du wohl von den 10,000 Spahis?

**Frank.** Daß es 10,000 Spahis ſind!

**Abdi.** Die Kerls können dir reiten —

**Frank.** Gut für ſie! ſo werden's vom Laufen nicht ſo müde werden.

**Abdi.** Und ihr Hieb ſpaltet den Mann vom Scheitel bis an den Sattelknopf.

**Frank.** Von vorne oder von hinten?

**Abdi.** Und das Geſchrey der Verzweiflung, womit ſie ſich heulend in die Feinde ſtürzen, ſchickt ſchon des Todes Schrecken voraus —

**Frank.** Meiſter Derwiſch! ich glaube, du denkſt, daß deine Spahis wider eine Schaar Flöhe zu Felde ziehen?

**Abdi.** Aber Roßkäfer ſind's doch wohl nicht wie die Deutſchen, vor denen ſich nur ihre Pferde ſchütteln dürfen.

**Frank.** Du biſt wohl alſo zweifelhaft?

**Abdi.** (trinkt) Sieh Bruder! wenn ich's bekennen ſoll, ich fürchte — ich fürchte — (ſich sorgfältig umsehend) die Deutschen kriegen Schläge. —

Frank. Schläge? -- (trinkt haftig) Dein Glück, daß ich mich am Glas vergriffen habe.

Abdi. Ereifere dich nicht, Freund! ich sagte ja nur ich fürchte: daß ich's wünsche; das wolle der Prophet verhüten --

Frank. So?

Abdi. Ich sagte nur, ich fürchte, und wenn's denn nun wahr wäre, so hätten wir wohl den Kukuk für unsere Mühe. --

Frank. So? Meister Abdimalek! doch nur zu, ich will meine Galle nicht fieden laffen. (er trinkt)

Abdi. Da hätt' ich dir so einen Einfall, nur der Sicherheit wegen -- wie wär's, wenn du mit mir zum Baffa giengst? --

Frank. Zum Baffa? --

Abdi. Ja -- und wenn du ihm so hübsch vorläufig Nachricht gäbest, was du vom Feind wüßteft -- Ist's zu spät -- so hat's wohl ohnehin keine Gefahr -- und schlüg es auf der andern Seite übel aus, so muß dir der Baffa Dank wissen, und du kömmst doch überall mit heiler Haut durch. Denn siehe! ich meine nur -- wegen deiner selbst -- weil ich dich liebe.

Frank. (bei Seite) Stell dich besoffen, oder sey's wirklich -- du kommst mir nicht aus. (zu Abdmalek) Freund Derwisch, ich merke, du wirst schläfrig -- weist du was? komm mit auf meine Werkstätte -- da wollen wir zusammen ein Duett herunterschnarchen -- komm. --

Abdi. Schläfrig? warum -- ich will noch eins saufen -- und dann -- was soll ich bei dir thun?

Frank. Komm nur mit.

Abdi. Mit kommen? nu, warum nicht? (bei Seite). Er hält mich für besoffen -- Schon gut; wenn Abdimalek schläft -- wacht der Derwisch am meisten -- Bassa! dein Kopf fällt in's Gewicht -- laß sehen, wieviel deine Piaster die deutschen Dukaten überwiegen?

Frank. (bei Seite) Den hat der Prophet von Grinzing eingewiegt. Nur zu -- so bin ich des Wachens überhoben -- und Ali darf außer Sorgen seyn -- der Wein hat ihn zugedeckt. Nu so komm nur! Bruder Derwisch, komm nur. (ab.)

## Dritter Auftritt.

(Garten des Serails, noch Mondenschein.)

Selima, (bald darauf) Julie von Eichenkron.

### Selima (allein)

Schon dreimal durchirrte ich den Pomeranzenhain! -- ward eher dreimal müde, des klopfenden Herzens Schläge zu zählen -- und er ist noch nicht da -- mein Ali! Mein? so nennt er mich ja immer -- so fühl ich es ja immer -- wenn mir's so eng um's Herz wird, indem ich mich aus seinen Armen losreissen muß -- und heute, heute seit 4 Monden das erstemal, ist er nicht da! seit 4 Monden das erstemal, stiehlt er mir den ersten süssen Augenblick des Wiederfindens -- läßt mich zum erstenmahle dem Schrecken preis -- der meine gefahrvollen Tritte bey dieser nächtlichen Entfernung aus dem Serail begleitet: und ist nicht da! (ängstlich) Kömmt auch nicht! Horch, dort rauscht die Haselstaude -- mein Herz pocht. (leise) Ali -- er ist's nicht, ein Westwind, der sich mit meiner Phantasie verschworen -- mein liebekrankes Herz zu necken -- (sie geht besorgt umher) schon kehrt der Mond gegen Westen -- ha! was geht da für ein Schreckenbild durch meine Sinne — wie? wenn er in feindliche Hände gerathen, vielleicht gefangen — verwundet — getödtet — o! guter Gott das ist's, das ist's! denn sonst, was könnte ihn wohl sonst von der Liebe süssen Umarmung fern halten? —

Julie. Eine Kleinigkeit — vielleicht ein anderes hübsches Mädchen —

Selima. Ach! —

Julie. Ha! ha! endlich ertappt schöne Nachtwandlerinn? Erschrick nur nicht lange — es ist das Gespenst, das schon so manchen langen Tag deinem Herzen seine geheimen Seufzer abschrecken wollte — und da wär's nun wohl mit einmal heraus! — das Täubchen girrt Liebe? —

Selima. Julie — Julie! du hier! —

Julie. Ja ich, ich selbst — doch das soll dich wohl nicht stören, nur itzt hübsch aufrichtig, kleine Heuchlerinn, und du sollst finden, daß auch ich über die Zwanzig sey — und also wohl leicht an der nämlichen Krankheit leiden — nach dem nämlichen Arzte seufzen könne —

Selima. O Julie, du weißt wie ich dich liebe —

Julie. Ja, doch liebes Schwesterchen — daß du mich liebst, glaub ich — daß du ihn liebſt, ſeh ich) — nur noch das wen du liebſt — und mir bleibt zu wiſſen nichts mehr übrig —

Selima. Was ſoll ich dir ſagen? —

Julie. Was du willſt — wenn's nur zur Sache taugt — daß es ein guter hübſcher Junge ſey — will ich denken, itzt nur noch ſeinen Nahmen, ſeinen Stand, und das Pländchen, wie ihr zuſamm kommen wollt, und dann zur Belohnung deiner Offenherzigkeit tauſch' ich Geheimniß für Geheimniß. —

Selima. (ihr um den Hals fallend.) O! wie ſoll ich dir erzählen, was ich mir ſelbſt kaum zu geſtehen traue! was ſoll ich dir von einer Liebe ſagen, von der ich nichts mehr weis — als daß ich ihn ſah — und liebte —

Julie. Das wäre nun eben das neueſte nicht! was ich zu wiſſen verlangte — denn gemeiniglich ſpielen die Augen unſeren Herzen den erſten ſchlimmen Streich! — nur wie! wo! durch welchen Zufall du, bei dem galanten Geſetze eines Mahomets dein Männchen zu ſehen bekamſt? — das iſt's eigentlich was meine weibliche Neugierde lüſtern macht. —

Selima. (etwas ängſtlich) Nun ja, liebſte beſte Julie! du ſollſt alles erfahren — ich will dir alles erzählen, ſo gut ich's kann und weis — aber Schweſterchen — itzt verlaß' mich nur auf wenige Zeit — er ſoll alle Augenblicke kom=

kommen. O! daß er nicht schon lange da ist—
das macht mich zittern — daß ich nicht
weis, was ich denke — daß ich dir jetzt nichts
sagen kann. Ach! wenn ihm kein Unglück be=
gegnet, so muß er den Augenblick da seyn,
und wenn er dich fände —

Julie. Nein — nein, daß wirst du wohl
nicht denken, daß ich dich um so einen süssen
Augenblick bringen möchte! aber von hier aus
übersehen wir ja alle Plätze — der Mond
durchspiegelt alle Gänge — und sobald ich in
dem fernsten Winkel nur ein Stückchen von
einem Manne sehe — husch durch die Hecke —
und er sollte dir nichts merken, auch wenn er
nicht verliebt wäre. — Also Mädchen, bis du
ihn selbst hast, bist du wenigstens geschützt —
und meine Neugierde ist befriedigt — so kurz
als du willst -- aber wissen muß ich's, nun
zur Stelle -- denn das ist ganz was unaus=
stehliches, wenn uns einmal die Neugierde
recht plagt --

Selima. Nun so höre -- aber? -- --

Julie. Jedes aber zum Voraus zugege=
ben -- und aller orientalischen Schwärmerey
entlassen - sag du mir so kurz du willst, wer
der Mann ist, den du liebst --

Selima. Julie -- du wirst mich vielleicht
bedauern -- beneiden -- verachten --

B

Julie. Nichts von allem dem -- nur zur Sache -- es ist --

Selima. Der alte Gärtner des Serails!

Julie. (aus vollem Halse lachend) Ha! ha! ha! wenn dir Mahomet das Verbrechen verzeiht -- so hat seine Barmherzigkeit ihr Meisterstück gemacht -- Der alte Gärtner des Serails! und die Tochter des Bassa. Ha! ha! ha! mein Mädchen hohl dir eine andere Lüge, wenn du dein Schwesterchen in Gnaden abfertigen willst --

Selima. Aber du unterbrachst mich ja; eh ich noch recht angefangen hatte! -- Der alte deutsche Gärtner des Serails hat einen jungen Perser, der in der Gärtnerey sehr berühmt, und meines Vaters Liebling ist -- aufgenommen. Ali ist sein Nahme -- Eines Tages, als ich am frühen Morgen, o! ich werde ihn nie vergessen, diesen Morgen -- als ich früher als gewöhnlich erwachte -- mächtig durch -- ich weis nicht was -- aber es schien mir die aufgehende Sonne zu seyn -- an's Fenster gezogen wurde -- und du weist es ja selbst -- die Fenster unsers Käfichts reichen höchstens in den Garten -- als ich also recht mit gierigen Zügen den Wohlgeruch der Natur einschlürfen wollte, o Julie! o Schwesterchen -- da -- da sah ich ihn zum erstenmal--

und alles, was mir von diesem Zauberspiel in meinem Gedächtniß übrig blieb, ist -- daß er, als er mich erblickte -- das Gefäs, womit er eben eine Rosenstaude begoß -- fallen ließ -- mit seinen Blicken mein Herz traf -- und mich zum unglücklichsten -- und zum glücklichsten -- aller Mädchen machte.

Julie. Hm! ein Possenspiel des Schicksals von ziemlich alltäglicher Laune -- da wüste ich nun den Anfang eures Romans -- das Mittel ist, daß du dich täglich unter tausend Gefahren -- die Wache und Vorurtheile, auf jeden deiner Schritte bereit halten -- aus dem Serail des Nachts wegstehlest, dein Amoroso seinen Hals und Kopf vergesse -- in deinen Armen Mahometen über den Vorgeschmack des Paradieses, in tausend zärtliche Seufzer zerfließend seinen Dank bringe; und so weiter -- Aber! -- das Ende eurer Liebesgeschichte? --

Selima. Ist der Tod -- oder ein Wunder! --

Julie. Das sind nun freylich zwey Sprünge, worauf sich die Schwärmerey gefaßt hält -- aber sieh Mädchen weder durch den Tod sollst du geheilt -- noch durch ein Wunder getäuscht werden -- du sollst in dem ganz natürlichen Gang -- der Dinge, die Weisheit der Vorsicht erkennen lernen, die ein europäisches Mädchen von Seeräubern darum fangen ließ, um unter den Muselmännern das Glück eines liebenden Paares zu gründen.

Selima. Ich verstehe dich nicht --

Julie. Freylich wird das dein Vater besser verstehen -- wird dir's vielleicht bald -- bald sag ich -- begreiflich machen -- aber das versprech ich dir heute -- bei dem gewissen Etwas -- das ich für dich fühle -- daß wenn dein Ali deiner werth ist -- er Morgen dein Mann wird -- seyn muß -- oder mein Wort soll dir eben so viel, als mir des Bassa Liebe gelten. --

Selima. Meines Vaters Liebe -- o! du weist er betet dich an -- --

Julie. So sey das Glück deiner Liebe -- der Preis für mein Herz, und meine Hand!

Selima. (fällt ihr um den Hals) Wie? liebe, beste Julie, du entschließt dich also, meinen Vater glücklich zu machen? -- --

Julie. Ihn -- dich -- mich -- uns alle wenn glücklich zu machen nur in dem Willen eines armen Mädchens liegt --

Selima. O Julie, was muß ich dir alles danken.

Julie. Mir! wende dich zuerst an die Vorsicht, liebes Schwesterchen -- die mein

Interesse -- und die heftige Neigung deines Vaters mit deiner Liebesgeschichte -- so künstlich zu verflechten wuste -- daß diese Kette an keinem Gliede zerbrochen werden kann -- ohne ganz zu zerfallen. Der Bassa liebt in mir ein gutes munteres Mädchen -- und ich in ihm einen weisen redlichen Mann. Seine 50 Jahre sollen für ein Mädchen die nur ein Herz sucht kein Hinderniß seyn -- seine Küsse nicht eben so warm zu finden, als sie jede Uiberströmung des redlichsten Gefühles findet. Ich lasse die Thörinnen meines Vaterlandes weidlich über den Einfall lachen, den ein deutsches Mädchen hatte -- sich in den Armen eines redlichen Muselmannes glücklich zu träumen -- Kurz, ich will mich meinem Glücke, das ich schon 4 Monate prüfte -- nun ohne Vorurtheil in die Arme werfen -- und beweisen, daß Herzen unter jedem Himmelsstriche glücklich werden können -- nur in Europa am wenigsten, so sehr auch Ehen da nach türkischer Art geschlossen werden.

Selima. Horch — hörst du nicht etwas rauschen? —

Julie. Es kömmt näher — sieh da eine Gestalt — ein Mann — — ist er's?

Selima. Er ist's — er ist's — laß mich ihm entgegen fliehen — die frohe Bothschaft verkünden —

Julie. Bey Leibe nicht — vielmehr must du noch einige Minuten zu meinem Geboth seyn. Hier unter diese Hecke wollen wir uns verstecken — und der erste Augenblick des Wiederfindens sey auch ihm gestohlen — und dies sey auch seine Strafe — Komm nur Schwärmerinn —

Selima. Aber Julie er möchte —

Julie. Böse werden? — daß ich's ihm ja nicht rathen wollte — gleich schick' ich ihn auf ein Jahr nach meiner Vaterstadt — da soll er dir anders gehudelt werden — Schwesterchen — diese Damen können dir die Liebhaber so zahm machen — als ob man sie nach der Orgel pfeiffen gelehrt hätte — doch komm nur — siehst ja wohl, daß er kaum hundert Schritte noch ferne ist —

Selima. Aber ich soll ihn kränken?

Julie. Seht doch das Starrköpfchen — marsch! hinter die Hecke — oder jeder Kuß soll auf deine Wangen einen Fleck machen —

Selima. Aber nur nicht zu lange —

Julie. Nun ja doch — ich will sehr billig seyn, daß das Herzchen nicht zerspringe. --

Komm nur, komm nur. (sie führt sie mit Sträuben in eine nahe Hecke.)

## Vierter Auftritt.

### Ali (allein.)

(in unruhiger Beklemmung verlohren) Herz und
— Vaterland! — o warum müssen die Pflichten für das letztere, mit den Rechten des er-
stern sich in meiner Seele begegnen — warum
müssen sie meinen Busen mit Zweifeln füllen —
die mir die Menschheit theurer als den Ruhm
des Helden machen. — Warum muste mich das
Schicksal unter tausenden auserwählen — —
für tausende vielleicht eine Geisel zu werden? —
warum? doch ich will nicht mit dieser Frage
wider deine Weisheit eifern. O Vorsicht! du
hast vielleicht die Träume meines Ehrgeizes
durch ein schönes Gefühl von Menschheit ver-
jagt — hast den leeren Raum einer Helden-
brust — mit der süssen Empfindung von Liebe
ausgefüllt — und die Seite schlaf gezogen,
die dem Menschengefühl nichts weiter als blutige Trophäen schlägt. — Du hast meine Gefühle so verwebt, daß von keinem loszureissen
in meiner Macht stehet — daß ich in den Armen meines Mädchens eben so unwiderstehbar

in Liebe versinke, als unhaltbar ich an der Spitze des Heeres vom Feuer des Kriegs glühe. Du hast mich fühlen gemacht, das ich nichts würde — hast das stolze Wollen durch mein eigenes Schwanken zertrümmert, und das freche Possenspiel — einer eingebildeten Freyheit vernichtet. Wohl deme, ich fühle dich ganz — ganz mich — das schwache Werkzeug deiner stärkern Absicht — fühle dich ganz Weisheit — und werfe mich in deine Arme, vollende was du begannst — daß jedes dieser Gefühle, mit denen du mich ausgerüstet, siege: oder — verwehe sie alle in den Staub aus dem du mich gebildet — —

## Fünfter Auftritt.

(Selima, die sich während des Monologs schon einigemal von Julie losreissen wollte, stürzt hervor.)

Selima. Mein Ali — Mein Ali —
Ali. Diese Unruhe Selima? —
Selima. Ist das Werk deines Zauberns —
Ali was hielt deine Fußtritte? — was dich aus den Armen des liebetrauten Mädchens? —
Ali. (sinkt an ihren Hals) O Selima! —
Selima. Du schweigst? zitterst? — weh mir! was werde ich erfahren. —

Ali. (sich fassend) Was du doch endlich erfahren must. (mit dem höchsten Gefühle des Schmerzens) Selima wir – müssen uns trennen – –

Selima. (plötzlich von Schmerz verstumt) Trennen? –

Ali. Trennen, oder –

Selima. Mit dir sterben – sprich es aus, dieses – oder unsere Trennung ist erspart –

Ali. Du raubst mir alle Standhaftigkeit – Nein Mädchen – für dich sterben wäre ein Gedanken der Ruhe! aber daß mich dein Haß verfolgen wird – verfolgen muß – das ist's – was meine Seele tödtet. Selima! – Selima – ich bin – ich bin ein Verräther –

Selima. Und liebst eine Andere (sich fassend, mit dem Gefühle der Großmuth und innigsten Liebe) bist wieder geliebt? nun wohl – zieh hin, werde in ihren Armen glücklich — und ich bin's auch! – –

Ali. Lieben? eine Andere? – Mädchen ich habe nur einen Gott! einen Fürsten, und ein Herz – –

Selima. Und bist ein Verräther! –

Ali. Ein Verräther an meinen Gefühlen – ein Held für mein Vaterland! –

Selima. Du bist also? –

Ali. Ein Deutscher! – – – –

Selima.] (bey Seite) Ein Deutscher? Gott!
Julie. ] Gott! —

Ali. Durch 6 Monate schwebte mit jedem Stundenschlage das Schwert des Todes über mir — ich that meine Pflicht für das Wohl meines Vaterlandes — ich zitterte nicht — ich vollendete das Werk meines Unternehmens glücklich — und zittere nur vor deinen Blicken. —

Selima. Also kein Perser — kein Muselmann?

Ali. Kein Perser, kein Muselmann — ein Deutscher, ein Franke, — zwey Worte, bei denen Wahn und Vorurtheil vielleicht deine Seele zittern, und mich verabscheuen machen — —

Selima. (immer in Staunen) Ein Deutscher! ein Christ — — (plötzlich ihn umarmend) O! ein Mensch und mein Geliebter, so hab ich ja noch alles —

Ali. (vom Gefühl übermannt) O nicht so! das Gewicht deiner Liebe könnte leicht meine Seele ganz nieder drücken — o Selima! ich bin klein neben dem Werthe deines Herzens.

Selima. (mit zärtlicher Aufmunterung) Klein? und liebst mich doch? —

Ali. Du weißt noch nicht alles, um mich ganz hassen zu können — du mußt es erfah=

ren — und die unvermeidliche Verachtung, die mich dann treffen wird, muß selbst von mir als Größe deines Herzens bewundert werden — Selima! ich habe die Wohlthaten deines Vaters schlecht erwiedert; ihr habt das vollste Recht, mich Verräther zu nennen, nur nennt mich nicht undankbar.

Selima. So sprich! ich zittere zwar vor dem, was du mich ahnden läßt; doch zittere ich noch mehr vor mir, daß ich dir doch verzeihen werde! —

Ali. Verzeihen! — o Mädchen, nein, das wirst du nicht — ich kenne deine Liebe für deinen Vater.

Selima. O! sag was hast du denn gethan? was wäre wohl möglich, das du diesem thun könntest? sprich! sprich, und lehre mich, dich hassen.

Ali. (mit übermanntem Gefühle) Rathe das übrige, wenn ich dir sage, daß Morgen diese Festung in den Händen eurer Feinde ist — daß deines Vaters Loos sich zwischen Gefangenschaft und Tod theilen wird — daß deines Vaters Freundschaft ich zu diesem Zwecke nützte. Kurz, daß dieser Kaftan nur den kühnen Deutschen deckt, der muthig aus dem Heere Eichenkrons sich stahl — sein Leben tausendmal um Ehre und sein Vaterland gewagt, und

Glück und Zufall — selbst die Freundschaft bloß zu seinem Zwecke brauchte, und nun vor einem Blicke der Liebe zittert —

Selima. O! Grausamer — Grausamer!

Ali. Nicht wahr? zu grausam, — als daß sogar die Liebe darüber Entschuldigung hätte!

Selima. O Allah! Sieh du auf mich herab — gieb mir den Tod — lehre mich ihn hassen, verabscheuen — (mit Unterdrückung) vergessen. — Unbarmherziger! was haben wir euch denn gethan?

Ali. (mit Entschlossenheit) Gut, Mädchen! dein Haß — er ist gerecht; denn er fließt aus der nämlichen Quelle, aus der auch meine That geflossen — aus Pflicht fürs Vaterland — laß sehn, was die Liebe nun vermag. —

Selima. Die Liebe? was soll sie da — wo nur die schaudervolle Pflicht zu morden gilt! —

Ali. Sie soll den Muth uns geben, jeder Gefahr zu trotzen, und glücklich zu werden — ich habe als Soldat die Pflichten für mein Vaterland erfüllt — als Geliebter werde mein Leben das Schild für das Deinige.

Selima. Als Geliebter des Mädchens, dessen Vater du ermorden willst. (mit Würde) Nein, hier zerreißt die Stimme des Bluts die

Bande der Liebe — du bleibst ein deutscher tapferer Soldat: ich die zärtliche Tochter eines unglücklichen verrathenen Greises. Zieh hin, und morde uns! doch mußt du dir durch diese Brust erst den Weg zu meines Vaters Herzen bahnen. —

Ali. Groß — so groß, als sich's von einer Tochter Selims denken läßt — doch höre mich, eh du mich ganz verdammst. Als ich es wagte mich im Verborgenen in eure Festung zu schleichen, und bei euerm deutschen Gärtner Dienste nahm — band mich die Pflicht der Liebe nicht. Ich war blos Soldat, und nur als der hab ich gehandelt — deine Zauberblicke haben mein Herz erst gefesselt, als alles schon verrathen war. Doch itzt ist nicht an vergangene Dinge zu denken — die Zukunft liegt vor uns. Komm Mädchen! reiche mir deine Hand, der Preis dafür sey der, daß ich auch morgen deinen Vater rette — der Weg ist sicher — du kannst mir ohne Zittern folgen, im Lager Eichenkrons ist uns die Tochter Selims selbst, ein Heiligthum. —

Selima. (mit dem edelsten Unwillen) Ich? — folgen dir? — (stößt ihn von sich, und will fort) am Leichnahme meines Vaters findest du auch meinen wieder!

Ali. (hält sie auf) O! weh — weh mir! — ich habe zuviel verlohren, wenn ich dich verliere. Hier schwör' ich's auf den Knieen dir, ich rette deinen Vater, denn er muß der meinige werden — doch willst du mich hier mit Verachtung strafen, und kannst du jedes Band, mit dem uns Liebe umschlang, zerreißen — nun wohl — so reißest du die Menschlichkeit dann selbst aus meiner Brust — ich räche die Liebe dann als Held — und Mädchen! du kennst das Ungeheuer noch nicht, das man nur kalten Helden nennt — Verzweiflung geht vor ihm — der Tod ist sein Gefolge — sein Element ist Blut — Verheerung ist das Ziel! — und dies Mädchen! hast du gestecket.

Julie. (die sich nicht länger mehr zurückhalten kann, kömmt hervor) Halt ein! und martere mir das Mädchen länger nicht — so wie ich sehe, seyd ihr von gleicher Schwärmerey geplagt. Fort! fort damit! laß die Vernunft ins Mittel treten, du bist ein Deutscher — und im Heere Eichenkrons? —

Selima. (fällt ihr in die Arme) O Julie! Julie —

Ali. Wer ist noch hier?

Julie. Ein Mädchen, das an Muth und Liebe dir gleicht, nur keine kalte Heldinn ist.

Ali. Und eine Deutsche?

Julie. Und so stolz darauf, als es je ein Mädchen war — doch lassen Sie die Frage ihrer Neugier bis nach Uibergabe der Festung. Wir haben wohl nöthigere Dinge vorzunehmen — ich kenne Sie, ihr Nahme ist Oldenberg, und Hauptmann ist ihr Rang —

Ali. Genau! doch wie? woher — welch Räthsel?

Julie. Das sich schon lösen wird — Sie kommen heute noch zu Ihrem General?

Ali. Bei Gott! Sie wissen viel! —

Julie. Kann seyn — hier bringen Sie dem Prinzen diesen Ring — das Mädchen, das ihn an der Rechten trägt, läßt morgen ihn an Menschlichkeit erinnern — ich weiß, daß unser Heer die kühnsten Schritte bei der Eroberung nur Ihnen dankt. Doch itzt von Blut und Krieg genug — Da! sehen Sie hier — das Mädchen kämpft mit Liebe und Pflicht — sind Sie Soldat und Held allein, so kehren Sie mit trockenem Auge den Rücken ihr; mein Fluch wird Sie schon treffen. — Fühlen Sie sich, Mensch zu seyn; so trocknen Sie die Thränen erst, und seyn Sie Held für Liebe und Vaterland zugleich.

Ali. O! Mädchen -- Engel -- was Du auch immer bist! habe Mitleid mit mir -- mit ihr -- hilf mir Sie bewegen! -- gieb mir sie wieder -- und sieh, die Menschheit soll dir morgen Thaten danken, die nur ein Geist, von Liebe beseelt, verrichten kann. O! hilf Verzeihung mir erflehen! --

Selima, (die sich faßt) Verzeihung? -- o! ich gebe dir sie so willig! doch Liebe willst du ja -- und die kann ich dir nicht mehr geben. Mein armer Vater ist verrathen -- er hat vielleicht von allem nichts mehr übrig, als seine arme Tochter -- und die muß er allein nur haben. --

Ali. Dein Vater? o! der Preis für seine Rettung, Mädchen! sey deine Liebe -- Hier schwör' ich dir: der edle Mann soll selbst des Prinzen würdig seyn -- und so vergiß nun alles, fasse Muth und folge mir --

Julie. Folgen? dir? -- Sieh wie vermessen -- habt ihr die Festung schon, daß du die Beute forderst? noch ist Sie in des Bassa Gewalt, und wird erst dann dein Weib mit Ehren heissen können, wenn euer Panier auf unsern Mauern weht.

Ali. Du hast recht -- aus ihres Vaters Händen will ich Sie selbst zum Bunde unserer Freundschaft holen -- itzt Mädchen! schenk' mir Vergebung, von dieser hängt die Schonung deiner Brüder ab -- ich muß itzt fort -- der

ein Schauspiel.

Prinz erwartet mich -- (er fällt ihr zu Füssen) Hilf Himmel diese mir erbitten --

Julie. Nu kleiner Starrkopf! willst du noch länger zwischen Kopf und Herz dich sträuben? sieh, wie so demüthig er vor dir da liegt, husch gieb ihm einen Kuß -- denn unter uns gesagt -- deine Augen schwimmen zwar in Thränen; doch sind's nur solche, die uns sagen, daß du ihn nur zu hassen scheinest, um desto kräftiger zu lieben --

Selima. Julie! --

Ali. Selima! --

Julie. Macht nur einmal ein Ende, nimm dir den Kuß, wenn sie ihn dir nicht selbst giebt, und Marsch --

Ali. Selima! Verzeihung oder Tod! --

Selima } (sinken einander in die Arme) Ali! weh mir -- ich kann nicht widerstehen! --

Ali. O Gott! so bist Du mein!

Selima. Gieb mir den Tod.

Julie. Gieb Acht, daß er euch ja nicht hört, itzt wäre die Uiberraschung am unwillkommensten. Itzt Deutscher fort zur Pflicht -- ich bin hier deine Wächterinn -- ich führe dem Sieger Morgen selbst das Mädchen zu -- und so auf Wiedersehen. --

C

Ali. (sich losreissend) Topp also! auf Wiedersehen -- mit Tagesanbruch bin ich beim Bassa selbst -- ich hoffe, er wird das Blut der Bürger schonen -- zu retten ist die Festung nimmermehr Wo Eichenkron an seines Heeres Spitze steht, ist Sieg nur sein Gefolg -- itzt Mädchen lasse mich — mein Herz bleibt bei dir -- dein Bild und deine Liebe folgt mir im Blut und Schlachtgetümmel --

(er reißt sich los)

Selima. (Julien in die Arme sinkend) Ali! mein Ali!

Julie. Fort Deutscher! fort -- Gott soll für dich -- ich für dein Mädchen wachen. --

Ali. Ich eile -- fliege -- Mädchen -- Engeln -- und bringe euch den Kuß des Friedens wieder -- (will fort)

## Sechster Auftritt.

### Frank, Vorige.

Frank. Bst! bst! hurtig von hier! es ist Zeit, die Wachen lösen ab. --

Ali. Wo ist Abdimalek?

Frank. Der dunstet sanft bei seiner Flasche Wein, ich ließ ihn sitzen, und schloß die Thüre ab -- für diesen Vogel sorg du nicht -- der fliegt gar willig in mein Garn.

Julie. Komm Mädchen, komm! -- laß uns nach unserm Käfig fliehen --

Frank. Habt wahrlich Zeit, wenn ihr nicht verrathen seyn wollt — es ist alles in Bewegung, der neue Bassa ist angekommen.

Ali. Ist angekommen? Ha! so hab ich Zeit — Selima! itzt ruft mich Pflicht — noch einen Kuß —

Julie. Nimm dir den Kuß, wenn sie dir ihn nicht giebt.

Selima. (umarmt ihn) O! zieh hin, und komm zu meines Vaters Rettung wieder — dann schmecke den Kuß der Liebe und des Friedens; itzt aber fort, fort von hier.

Ali. Gott und die Liebe geleite mich! komm Freund! (eilt schnell ab, und Selima von der andern Seite)

Frank. (sieht nach) Du lieber Himmel — da brennts — da brennts, die Hälfte von dem Feuer ist genug, die ganze Festung zu versengen. (ab.)

# Siebenter Auftritt.

(Eine kurze Gasse. Mondschein.)

Abdimalek (allein)

(sieht zu einem Fenster herab) Der deutsche Gauer glaubt wohl, daß mich ein Schloß verwahre — Ha ha! ein Mann wie ich ist ja auf alle Fälle versehen (er zieht eine Strickleiter hervor, die er zum Fenster hinausfallen läßt) Wenn Frank die Zunge mir mit einem Schloß versperren will, so ist er übel daran. (er steigt zum Fenster herab) So, itzt wollen wir sehen, was es diese Nacht weiter zu verdienen giebt — ich hätte grosse Lust auf des Bassa Kopf — wenn nur auch so ein Stück Arbeit bezahlt würde — der deutsche Gauer ist in dem Fall so ein Knicker — daß einem das Gewissen immer schwerer bleiben muß — wer weiß, was sich nicht ändert, für dermalen muß ich schon mit einer kleinen Beute mich begnügen — und also hin zum Bassa, und Frankens Verrätherey ihm gesteckt — Die Festung ist wohl nicht zu retten — aber einige Duzend Piasters muß der Bassa doch der Ehre halber in meine Tasche spatzieren lassen — und so reinige ich doch dabei mein Gewissen, weil ich meinem Vaterlande wieder einige Dienste leiste. Doch sieh, wer kömmt da — vermuthlich der Bassa von Zangira! (der Derwisch verliert sich bei Seite)

ein Schauspiel. 37

## Achter Auftritt.

Achmet Mulai, Hassan, Gefolge mit
Fackeln.

Achmet. Hier laſt mich einen Augenblick
zum Propheten beten. (Das Gefolg entfernt ſich.
In unruhiger Bewegung) Hier bin ich alſo an
dem Orte, wo meiner Rache Wuth ihr erſtes
Opfer nehmen ſoll -- ſoll! -- ha wird -- muß
-- ja undankbares Vaterland -- haſt du die
Wunden, die ich mir für dich erfochten -- ſo
ſchlecht belohnen wollen -- habt ihr mir ſtolze
Neider den Vorzug, den meine Thaten über
euch errungen -- liſtig abgeſtohlen -- ſo fühlt
nun den Arm, der um Gerechtigkeit für meine
Ehre ficht. Die Eiche, die ihr fällen wollt --
zerſchmettere euch mit ihrem Sturz -- ich will
des Volkes Wuth für meine Rachſucht ge=
brauchen -- und ſehen, ob den neuen Liebling
den ein undankbares Vaterland -- mir vorge=
zogen -- ich nicht mit meinen Narben zeichnen
könne, die Fortheims Denkmahl werden -- und
die die Menſchlichkeit behutſam machen -- mit
Männern wie mit Ballen zu ſpielen -- und ſo
-- o Rache, leite du die Schritte meiner
Ehre -- waſche dieſe in dem Blute meiner
ſtolzen Brüder -- oder gieb Vernichtung mir --

und diese Qualen -- des beleidigten stolzen Herzens -- sind geendet.

Abdimalek. (tritt ein) Laß sehen, ob der Mann für mich nicht brauchbar wäre (laut) Heil dir o Herr! -- der Seegen Allah's falle auf dich nieder. --

Achmet. Wer bist du? --

Abdi. Ich bin ein treuer Knecht des Propheten, und dein Sklave. --

Achmet. Will nicht viel sagen, die Seele, die zu nichts Besserm taugt, als Sklavenketten zu tragen, ist mir zu klein -- ich suche Männer nur --

Abdi. Verzeih! o Herr -- du kannst mich dazu auch wohl brauchen -- ich wollte nur aus Demuth --

Achmet. Die Demuth ist des Sklaven Rolle -- der Stolz gehört dem Mann -- fort! Heuchler -- fort von mir --

Abdi. Den Mann! Herr prüfe mich -- ich kann dir Sitte, Gänge, und Sprachen ändern -- hab einen Arm!

Achmet. Auch Kopf und Herz? --

Abdi. Die beiden kann ein fester kühner Arm wohl manchmal entbehren. --

Achmet. Kannst du Blut sehen?

Abdi. Gar trefflich -- 'ich kann sogar, wenn's seyn muß, selbst überlassen. --

ein Schauspiel.

Achmet. Bist du so wacker? --

Abdi. Hi! hi! -- ich glaube Herr wir sympathisiren schon. — Glück zu! — kannst mich gleich brauchen — ich will dir itzt zum Bassa folgen, benn Herr — hast du für mich etwas zu thun — soll pünktlich ausgerichtet werden — und sieh — bei einer Belagerung giebts wohl allerhand Kleinigkeiten — und sieh — ein Kerl, wie ich, ist ein Ding — das oft aus einer Kleinigkeit den Faden — für die größten Werke spinnt — und webt, und knüpft — und wenn denn das nichts nützt — so reißt er's auch entzwey — Kurz! Herr, du sollst mich brauchbar finden. —

Achmet. Der Kerl macht mich aufmerksam — Komm — Schurke — denn dies wird wohl dein rechter Nahme seyn, komm mit. —

Abdi. Ein Schurke Herr, der's Metie verstehet — ist manchmal ein Fund, der grosse Männer macht — Kommt — kommt, der Bassa erwartet mich. —

(beide ab.)

40 Die Deutsch. unter den Muselmän.

## Neunter Auftritt.

Das Lager der Deutschen.

(Im Hintergrunde stehen deutsche Adiudanten; ver=
schiedene Wachen; das Zelt des Prinzen ist offen —
und zu durchsehen.— Die Generale stehen um
ihn, er sitzt bei einem Tisch, auf dem
eine Landkarte liegt.)

**Prinz.** Sie wissen meine Freunde — ich schone, solang es sich thun läst — doch soll der Bassa trotzen, so halten Sie den Muth der tapfern Deutschen nicht auf.

**Ferthin.** Den aufzuhalten, wäre dann nur möglich, wenn Eichenkron das Heer ver= ließe — solang ihr Nahme vor unsern Fahnen weht, ist der Deutsche unbezwinglich —

**Prinz.** Grüssen Sie mir jeden Mann in meinem Nahmen, und sagen Sie, daß wenn sie mich lieben, ich die Schlüssel der Festung — Morgen bis Mitternacht — erwarte — Sie Ferthin werden mich begleiten, wir brechen in zwey Stunden auf, den Sukkurs zu em= pfangen — der der Festung zu Hilfe eilen soll — ich erwarte nur noch des Hauptmanns nähere Kundschaft. —

Ferthin. Ich werde mich des Zutrauens wehrt beweisen — daß Sie Prinz mir schenkten. —

Prinz. Die Gelegenheit die sich Ihnen dazu biethet — soll Sie auffordern — wissen Sie wohl auch, wer den Suikurs kommandirt?

Ferthin. Der Bassa von Zangira. —

Prinz. Und dieser Bassa — ist eben der Mann der Ihnen den Vorzug als Obrist streitig machte! —

Ferthin. Wie! Oltenburg, der über diesen Vorzug vorigen Jahrs unser Lager verlassen? —

Prinz. Und Muselmann geworden — um sich an uns zu rächen — Freund, itzt lassen Sie auch sehen, wer von Ihnen beiden den Vorzug für sein Vaterland verdient. —

Ferthin. O, wie glüh' ich, einen Verräther für sein Vaterland zu strafen. —

Prinz. Noch eine Ordre geb' ich Ihnen mit — die ist — daß Sie, soviel es möglich ist, das Leben dieses Mannes zu erhalten — und ihn zu fangen suchen; — Die Ursache werden Sie erfahren — wenn sie mir ihn als Gefangenen bringen. —

Ferthin. Prinz! — Gott und Ihr Muth wird mich begleiten — der Baſſa werde mein — oder Prinz — Sie ſehen mich nicht mehr.

(Ein Adjudant ſagt dem Prinzen etwas ins Ohr.)

Prinz. Nur gleich zu mir. (Adjudant ab.) Der Hauptmann kömmt. —

## Zehnter Auftritt.

**Oldenberg** im Uniform. **Vorige.**

Prinz. Was bringen Sie mir junger tapferer Mann? —

Oldenb. Eure Durchlaucht — alles iſt auf Ihren Wink bereit — die Griechen ſind auf meinen Wink fertig — doch ſoll der Baſſa von Zangira noch heute mit 10,000 Spahis die Feſtung zu entſetzen kommen. —

Prinz. (gelaſſen) Ich werde ihn ſelbſt empfangen — es iſt ſchon abgeſchickt —

Oldenb. Euer Durchlaucht Vorſicht — ließ mich gleich die Nachricht nicht befremden —

Prinz. Und dann die Wege in der Stadt? — —

Oldenb. Sind alle ſchon beſtellt. (giebt ihm ein Papier) Hier iſt die Aufnahme aller Minen —

Prinz. So lassen Sie uns gehen. (will fort.)

Oldenb. (mit Beklemmung) Darf ich noch einen Augenblick Gehör allein bitten. —

Prinz. Recht gern. (er winkt Filles zu sich zurück, und tritt zu Oldenberg hervor) Was haben Sie mir zu sagen? —

Oldenb. Eure Durchlaucht, von einer weiblichen Hand kömmt dieser Ring — mit der Bitte um Schonung an Sie.

Prinz. Der Ring an mich? mit Bitten um Verschonung? Gerechter Gott! — dies ist der Ring von meiner Schwester —

Oldenb. Die mir ihn gab, ist eine Gefangene des Bassa. —

Prinz. Weh mir! das Räthsel ist gelöst — man hat Sie hin verkauft — itzt — itzt auf! auf meine Freunde, dies kostbare Pfand zu befreyen! — meine Herren, — meine Schwester ist in den Händen des Bassa —

Oldenb. Darüber Prinz seyen Sie ganz ruhig — was in des Bassa Hand nur liegt, ist sicher, er ist ein edler Mann — der Sie verehrt — und Ihre Schwester liebt —

Prinz. Liebt — meine Schwester? — liebt? —

Oldenb. Liebt sag' ich Prinz — wie sich's so selten trifft —

Prinz. Und meine Schwester?

Oldenb. Die liebt den Bassa wieder —

Prinz. Sie liebt den Bassa wieder? —

Oldenb. Darum erfleht Sie Schonung —

Prinz. Ich staune, Sie haben so viele Probe von Tapferkeit bestanden, wollen Sie sich noch einmal in diese Festung wagen, wollen Sie auch meiner Schwester die Versicherung bringen, daß ich Sie heute noch rette. —

Oldenb. Ob ich nur will? — ich muß mein Prinz — die Pflicht des Soldaten hab' ich lange schon erfüllt — als Freund für Sie — wag' ich noch zehnmal dieses Leben, und tausendmal für eines noch dazu. —

Prinz. Auf — auf meine Freunde, auf! (alles kömmt in Bewegung) wer seinen König, und dessen Eichenkron noch liebt, der helfe mir siegen oder sterben. —

Alle. Es lebe der Prinz — wir siegen — siegen alle. —

(der Prinz geht ab.)

Oldenb. Die gehn, die blutige Stunde schlägt, — nun Herz — du hast bei keiner Schlacht gezittert — das erstemal da ich den Sieg in Händen habe, zittere ich — und dies warum? aus Liebe. (ab.)

Alle. Es lebe der Prinz — wir siegen -- --

(Ende des ersten Aktes.)

# Zweyter Aufzug.

## Erster Auftritt.

(Scene im Divan.)

Selim. Abdul. Hamet. Achmet. Mulai. Hassan. Einige Befehlshaber.

Selim. Du bist sehr tapfer Achmet — ich danke dem Vezier, daß er so einen mächtigen Arm mir zugesandt — — sehr lange scholl der Ruf zu mir — als Feind schon hab' ich dich gefürchtet — und bewundert, als Freund — (mit Bedeutung) als wahrer Freund sey mir gesegnet. (er reicht ihm die Hand, und alle Umstehende verneigen sich tief.)

Alle. Sey uns gesegnet. —

Mulai. Als Freund, als Bruder will ich streiten für euch um Ruhe, für mich um Rache — der Stolz der Deutschen — fühle den Stolz gekränkter Ehre — — hier Bassa ist der Plan, nach welchem ich Morgen die Schlacht zu führen denke — auch kam ich darum selbst zu dir, um Rath, und Anschlag mündlich dir bekannt zu machen. —

Selim. Du wirst zu allem, was der Festung nutzen kann, auf jeden Wink bereit mich finden — ja ich gesteh' es frey, bloß unser Widerstand — so tapfer — so verzweifelt er auch sey — wird — wider deutschen Heldenmuth — wird wider ihres Feldherrn Kunst und Glück — sehr wenig nur vermögen. —

Mulai. Wie Muselmann? der Kleinmuth Sprache auf deinen Lippen — flieht schon euer Stolz, vor dem Wehen deutscher Fahnen? — —

Selim. Nicht Kleinmuth fühl' ich itzt — nie hab' ich Stolz besessen — ich ward mit Ehren grau, (bedeutend) ich diente meinem Vaterlande treu — dies wird mein letzter Tropfen Blut besiegeln. Doch kindisch war ich nie genug, den deutschen Muth und Kunst gering zu schätzen — Auch albern war ich nie — des ungezähmten Trosses Raserey als Gleichgewicht der deutschen Tapferkeit, den deutschen dichtgeschlossenen Reihen entgegen stellen zu wollen — Nein Mulai, du suchst vergebens, nur den dummen Stolz des Orients in mir — ich kenne Flitterprunk, ich kenne auch Tapferkeit — du sollst mich sterben seh'n — wenn ich nichts weiter kann. —

Mulai. (entrüstet) Nichts weiter? -- Ha! bei meiner Rache sey's geschworen -- die Deutschen sollen büssen, fallen -- bluten -- nicht ihre dichtgeschlossenen Reihen -- der Donner der Geschütze -- nicht ihre Tapferkeit -- selbst ihres Feldherrns Kunst und Glück soll meine Rache nicht bezähmen -- dies Herz, indem sie selbst die Wuth zum Opferpriester machten -- der Kopf, den sie in ihrer Schule gebildet -- und dieser Arm, der seines Gegners Brust nur sucht -- soll meine Fahne führen -- der Tod sey ihr Gefolg -- ein Strom von Blut -- schwemm' meinen Ruhm nach fernen Meeren und wasche meine Ehre rein vom Schimpf -- und von Beleidigung -- dies Selim, dies sey Krieger euch geschworen -- hier habt ihr meine Hand!

Alle. Auch wir -- wir schwören Tod oder Sieg --

## Zweyter Auftritt.

### Ein Aga. Vorige.

Aga. (zum Bassa) Herr! die Feinde ziehen sich zurück, und scheinen uns den Rücken frey zu machen.

Mulai. Ha! ha! vermuthlich dem Sukkurs entgegen zu gehen. --

Selim. Ich will mit dem frühesten Morgen einen Ausfall wagen -- indessen greifst du Mulai sie mit deinem Heere an. --

Mulai. Auch dies mein Rath. (zu denen Begh's) Bringt unserm Heere die Nachricht -- und denn das weitere gewärtiget in meinem Lager. --

Selim. (zum Aga) Und sonst? --

Aga. Ist alles ruhig --

Selim. So gehet, und visitirt die Wachen -- du aber -- Mulai, willst du Ruh -- so wink nur; was ich besitze, ist auch dein! -- ich geh' Befehle für die Festung auszutheilen. -- (ab)

### Dritter Auftritt.

Mulai. (allein)

Ruhe Alter? ha! könnte ich mir die erwirken? -- o nein, zu sehr verfolgt mich das Gespenst gekränkter Ehre! Ruh! -- dieses Wort -- schreib' ich mir nur mit meiner Feinde Blut! -- -- doch auch vielleicht mit meinem Tod! -- --

ein Schauspiel.

## Vierter Auftritt.

Selima. Mulai.

(Selima stürzt sich heftig zur Thür herein, und wirft sich dem Bassa Mulai zu Füssen, ohne ihn vor Gemüthsbewegung recht anzusehen.)

Selima. Ach, mein Vater! --

Mulai. Vater? -- ha, des Bassa Tochter! -- und diese Angst? steh auf schönes Mädchen -- auch der Freund deines Vaters nimmt Theil an deinem Kummer. -- --

Selima. (da sie sieht, daß es nicht ihr Vater ist, steht betroffen auf, und will sich schüchtern zurückziehen) Verzeih mir diesen Irrthum, ich glaubte meinen Vater hier zu finden, meine Sinnen -- -- --

Mulai. Sind verwirrt! o diese Augen voll der wärmsten Thränen sprechen viel — wem gilt die Glut — die so auf deinen Wangen glüht? —

Selima. (mit Fassung) Dem Leben meines Vaters. -- -- (weinend) Dem höchsten Kleinod, was ich noch besitze.

Mulai. O wenn du nur für dieses zitterst — siehe Mädchen — hier den Arm der ihn beschützt — sieh hier die Brust, die sich zu seinem Schild biethet — und — braucht

D

ein Siegel die Verheissung noch — sich Mädchen — nimm mein Herz — beim ersten Blicke floh dir's entgegen -- der Bassa willigt gerne ein, dafür geb ich mein Wort --

Selima. (erschreckend) Dein Herz, -- dein Wort -- du biethest dich zum Schützer meines Vaters an -- Erstaunen -- Beklemmung -- ein Gefühl -- ich weis nicht, wie ich's nennen soll -- du glaubst meinen Vater noch zu retten? --

Mulai. Noch zu retten? -- noch -- ist's denn schon so gefährlich das zwischen einem noch und dem vielleicht erst zu entscheiden wäre? -- doch, wie fällt's mir auch ein -- mit Weiberfurchtsamkeit zu richten -- warum will ich der Tochter zärtliches Gefühl bestreiten -- das schon den Schatten von Gefahr als einen Riesen flieht -- mein gutes liebes Mädchen -- noch ist dein Schreck ein Spiel des zarten Herzens -- — noch fürchte nichts -- und zweymal nichts -- wenn du mir deine Hand -- zum Lohn für meine Tapferkeit willst geben --

Selima. Ich Herr! -- dir meine Hand? nur meine Hand? du fragst nicht nach dem Herzen -- --

Mulai. Sind Herz und Hand nicht noch genug bei dir verwandt, daß man wohl eines ohne dem andern nehmen könnte! -- wär diese Mode hier auch schon bekannt; nur in Europa hielt' ich sie zu Hause -- wie Mädchen, -- auch du hättest Herz und Hand -- um beide anders zu verschenken? --

Selima. O! ich habe nichts -- gar nichts mehr zu verschenken! ich habe keinen Wunsch -- als mit meinem Vater zu sterben -- du nennst dich wohl seinen Freund, als dieser schon verdienst du meines Herzens wärmsten Dank! -- nimm ihn, o Herr -- so schwach ihn dir ein armes Mädchen geben kann -- und nun erlaub mir meinen Vater aufzusuchen. --

Mulai. So dringend -- so ängstlich mahlt der heissesten Empfindungen eine sich auf deiner Stirne -- dein Auge schwimmt in Thränen -- und wie durch dieses Aug ich lese -- schwimmt dein Herz in einem Kummer -- den Kindesliebe nicht so ganz allein erzeugt -- du zitterst mehr für des Geliebten Leben -- ha! -- deine Wangen röthen sich -- -- nu? hab' ich falsch gelesen? -- --

Selima. (faßt sich, mit Anstand) Falsch — ganz falsch, mein Herz ist frey von Liebe. — (mit einem unterdrückten Seufzer) Ich kenne kein Glück als meinen Vater! darum zögere nicht einen Augenblick — (will fort)

Mulai. (hält sie zurück) Gut Mädchen, wir wollen ihn sogleich suchen — von seiner Hand will ich dein Herz erbitten — ich will als deines Vaters Freund für deine Liebe würdig werden — und seiner Tochter Herz knüpf' unser Band desto fester! Komm Mädchen! komm — ich fühl' mich an dich gezogen, von einer höhern Kraft, die länger hält, als jene Kinderliebe, womit des Jünglings Flamme sprudelt, und schon im halben Mann erlischt; Weibern nur die Reu zur Mitgift bringt — die wo nicht Verzweiflung — meistens doch des Lasters Mutter wird — bei mir sollst du den Mann gefunden haben, der dein Augenfeuer mit seiner Treue vergilt — Komm Mädchen, komm zum Bassa. Doch sieh, der Weg ist uns erspart.

## Fünfter Auftritt.

### Selim, Vorige.

Selim. (betroffen, da er das Mädchen erblickt) Wie Mädchen — was machst du zu dieser Stunde hier?

Mulai. Des Zufalls günstiger Fingerzeig warf sie mir in den Weg — sie suchte dich, Bassa — hält mich von Angst und Schmerz verwirrt für dich — wirft sich zu meinen Füßen, als hätte sie etwas wichtiges mir zu ver-

ein Schauspiel.

trauen — ich hob' sie auf — und sieh, das Feuer ihrer Augen verbrannte mir mein Herz — und wenig Worte kaum, so wünschte ich, das Mädchen zu besitzen. Willst du mich glücklich machen, so sey das Ziel all meiner Tapferkeit des Mädchens Hand — und ich will warm dich Vater küssen.

Selim (erstaunend) Du Achmet! du — In Wahrheit, mir fällt's auf — daß kaum noch wenige Minuten vor der Schlacht — ein Mann, wie du, wohl Zeit sich nimmt, auf Liebe noch zu denken.

Mulai. Der Mann, den Liebe in die Schlacht begleitet, hat oft dem Heere den treuesten Bundesgenossen zugeführt. — Kurz Bassa: wenn nur das Ungewöhnliche der Zeit sich zwischen deinem ja, und meinen Wünschen wirft, so laß uns hier als Männer handeln, die sich nur an die Sache, nicht an die Formeln halten — — erlaube mir das Mädchen mein zu nennen — und was ich an Schätzen besitze, ist dein dafür.

Selim. Um Schätze denk ich nicht mein Mädchen zu verhandeln, zur Ehe bahn ihr die Liebe nur den Weg -- ich bin an Geistes Freyheit stets vom Weg der Muselmänner abgewichen — ihr Herz ist ganz ihr Eigenthum — nur rathen würd' ich ihr, befehlen dünkt mich hier Grausamkeit — hat Liebe schon in ihrem Herzen für dich gesprochen -- hat diese schon so eilig für dich sprechen können — je nun! — (er sieht das Mädchen durchdringend an, die aber ihre Thränen nicht an sich halten kann; da er dies bemerkt, nimmt er eine andere Wendung) Doch eben fällt mir bey — du sprach'st mir kurz vorher von einer Angst, von einem Schmerz, der meiner Tochter Sinne zu verwirren schien; auch seh' ich Thränen dort in ihren Augen zittern — und dies Verstummen scheint des Vaters Trost zu suchen; erlaube mir darnach zu forschen — ich bildete zur Offenherzigkeit ihr Herz — erlaube ihr, daß sie ihren Kummer meiner Brust vertraue — und ist es Weibergrille nur, so bleibt dir ihre Liebe unbeschadet — es liegt mir sehr am Herzen, die wenigen Augenblicke Vater seyn zu dürfen. — Wer weiß, trennt uns ein Tag nicht bald auf ewig — und —

Selima. O ich bin des Todes! (wird ohnmächtig.)

Mulai. Zu Hilfe! — he! holla! — (es kommen Sclaven, und bringen sie auf ein Sopha, Mulai und Selim sind beschäftiget) Gerade dieses Bild erschütterte vor kurzem ihre Seele — Sie fürchtet diese Trennung — dies ist der eigentliche Schmerz, der so an ihrem Herzen naget — darum sprich dein ja — ich will ja dafür

forgen, euch beiden diese Trennung zu erspa-
ren — ich schwör' euch's beim Propheten. —

Selim. (der die Hand seiner Tochter hält, sieht etwas lächelnd den Mulai an) Dein Schwur sagt viel — doch Mulai! liegt das Steuer des Zufalls nicht in deinen Händen — dein Muth und deine Kunst — ja selbst dein Glück sind eines höhern Wesens Würfel nur — der Wurf wird uns erst seinen Wink verkünden. Auf diesen ungewissen Wink erlaube mir für wenige Augenblicke Vater noch zu seyn — dann steh ich dir als Bassa ganz zu Diensten.

Mulai. (drängt sich an Selima) Wie ist dir liebes Mädchen?

Selima. (die Augen aufschlagend) Mein Vater! —

Selim. Mein Kind! —

Mulai. Das Mädchen scheint dir ein Geheimniß anvertrauen zu wollen — daran will ich nicht stören — doch wenn von Kleb dabei die Rede wird —

Selim. Darüber bring ich dir die treueste Nachricht selbst.

Mulai. Laß mich zu meinen Leuten führen.

Selim. (winkt, Sclaven kommen) Was du verlangen wirst, steht alles dir zu Geboth — in wenigen Augenblicken bin ich selbst bei dir.

Mulai. (reicht ihm die Hand) Beinah hat von der Menschheit mich des Hasses Gift auf ewig schon entfernt — vielleicht söhnt mich die Liebe wieder aus.

(geht ab)

## Sechster Auftritt.

### Selim, Selima

Selim. (nach einer Pause, während der Schmerz und die Verzweiflung Selims immer mehr zunimmt) Was ist dir Kind? — Selima! dieser Thränen Wuth — dies Klopfen deines Busens — dies Zittern deiner Glieder, — bei jenem ewigen Gott! sprich Tochter — Mädchen sprich, was ist mit dir geschehen? —

Selima. (in Thränen erstickend fällt sie zu seinen Füssen) Mein Vater! —

Selim. War ich dir's je von ganzer Seele — soll ich dir's noch vielleicht die wenigen Stunden seyn, so lasse mir, laß Mädchen mir ganz unverhohlen deinen Kummer wissen. — (er will sie aufheben) Steh auf.— komm, küsse mich — es war ja sonst dein Kuß voll sanfter Zärtlichkeit, mein süßester Lohn nach jedem schweren Tagwerk — warum willst du durch diese heissen Thränen heute mich darum bestehlen? —

ein Schauspiel.

Selima. (läßt sich nicht aufheben) Ach mein Vater, mein theurer lieber Vater — mein alles — laß mich — laß mich hier zu deinen Füssen sterben.

Selim. Sterben du? — du Tochter — Mädchen — du sterben hier, du — ewiger Gott! was ist aus dir geworden. —

Selima. O! eine der abscheulichsten Verbrecherinnen! —

Selim. (erschrocken zurückfahrend, so daß Selima fällt) Verbrecherinn? — Verbrecherinn? du Mädchen! du — nein! nein! nimm kein so fürchterliches Wort auf deine sanften Lippen — o mein Gott! nein das bist du nicht. Komm Mädchen, komm und küsse mich zum wenigsten einmal, noch eh du mir dein Verbrechen nennst — (er küßt sie, und Selimens Schmerz wird dadurch immer lebhafter) Es sind sehr heisse Thränen, die du weinst — Selima — in deinen Augen doppelt fürchterlich; doch sprich — ich will itzt hören, will dir vergeben, oder mit dir weinen -- Selima! sprich! -- sag mir, wie nennt sich dein Verbrechen?

Selima. (mit den bangsten Gefühle) Mein Vater! — mein guter Vater — es heist — es heist — Liebe! Liebe! —

Selim. (plötzlich beruhigt über diese unschuldige Furchtsamkeit, drückt sie mit froher Heiterkeit und lächelnd.) Liebe? — Liebe? — Ha! ha! ha! seit wann hab ich sie dir Verbrechen dann genannt? — — darüber hab' ich die Angst wahrlich nicht verdient, die du mir itzt gemacht! — was kann ein Mädchen auch wie du mit Liebe wohl verbrechen — sey ruhig Kind — ist's weiter nichts! — so sag' mir ohne Thränen — welch' einen Fehler wohl dabei dein zartes Herz — dir zum Verbrechen mahlt, denn diesen wird der Vater doch verbessern können? —

Selima. Nein, da ist nichts mehr zu verbessern — da könnt ihr nichts mehr thun!

Selim. (lächelnd) Auch nicht verzeihen? — auch nicht dadurch dich glücklich machen — wenn mich kein Vorurtheil zu binden fähig wäre — den Mann dir zum Gemahl zu geben — den sich dein Herz — ohne meinem Rath — ohne mein Wissen nahm — auch dann nicht Mädchen? —

Selima. Ich muß ihn ewig hassen — auch wenn ihr mir verzeihen wolltet, daß ich mich hintergehen ließ — denn hätte ich wissen können wer er wäre — denkt nicht so klein von eurer Tochter — daß sie nicht Leidenschaft der Pflicht zu opfern wüste — zu spät hat er sich

mir entdekt — zu spåt — daß selbst mein Haß
nichts nützen kann. —

Selim. (sanft) Wer ist er den der Mann,
dem selbst dein Haß zur Liebe helfen muß? —

Selima. Ach Vater — o verzeih — es ist
ein Christ —

Selim. (etwas betroffen) Ein Christ? —
(sich fassend) Selima, deines Herzens Seligkeit
hab ich nie an Turban oder Bart gebunden —
nur einen Menschen, wie der beste seyn mag —
kurz, ohne allem Kleid — zu dem Geburt und
Zufall jeden nöthigen — so einen Menschen
segne ich als meinen Sohn, als deinen Mann!
und so will ich nicht zittern, daß dieser Christ!
was anders sey als was ich dich gelehrt —
stäts als das würdigste zu achten.

Selima. So schien es mir — ganz schien
es so mir einst zu seyn — doch seine That die
er an Euch verüben konnt, hat mir nun mit
einmal das Gegentheil bewiesen — hat auch
mit einmal die Vernunft zur Siegerinn ge=
macht. —

Selim. Und welche That kann dieser Christ
an mir begangen haben — es gibt zwar viele
böse Christen — doch nenn mir diesen, und
auch seine böse That. —

Selima. Ihr habt den jungen Ali so mit
Güte überschüttet — habt so ganz väterlich

für ihn gesorgt, an seinem Herzen und Verstand habt ihr oft Wohlgefallen gefunden — ihr scheint ihn beinah zu lieben — wie soll der Mensch, der Männer zu betrügen, schlau genug war — nicht fähig seyn — ein armes Mädchenherz zu hintergehen, die Sanftmuth, die in jedem seiner Züge strahlte — das Edle, was seine ganze Seele zu umfließen schien — die Liebe, die so glühend er für euch so oft mir schilderte; das alles zog mich an ihn hin — ward mir von ihm so heiß erwiedert — schien mir so ganz den Mann zu verkünden — dem ihr mich in die Arme fliehen selbst so oft gelehrt — Kurz, Ali war mein Alles — alles bis auf diese Mitternacht:, doch, was er heute selbsten mir gestehen muste — dieses werdet ihr — dieses kann auch ich ihm nicht vergeben!--

Selim. Nun! sein Geständniß?

Selima. Dieser Ali ist nicht aus Persien gebohren -- hat nur im Kaftan sich geflüchtet, um desto sicherer euch zu hintergehen -- o dieser böse Ali -- ist ein Deutscher -- ist Soldat in unsers Feindes Heer.

Selim. (entbrannt) Kurz ein elender Spion; der uns, wie ich's nun fühle -- treulos hat verrathen -- ha! Mädchen was hast du gethan -- o weh mir altem Manne -- Selima --

ein Schauspiel.

du bist betrogen -- ich -- schändlich hintergangen --

Selima. Nun sagt ich's nicht -- daß ihr mir nicht vergeben könnt -- noch mehr, er wars, der die geheimsten Winkel unserer Festung dem Feind entdekte -- er wars -- der selbst die ganze Belagerung bei seinem Heere ordnete -- und der mir's auch heute selbst gestand -- daß euer Leben -- Vater euer Leben auf der Gefahr höchsten Stuffe ruht. --

Selim. Doch soll er noch den letzten Athemzug dazu gewidmet finden -- die Treue für mein Vaterland ihm zu beweisen --' ha! ha! der Christenhochmuth scheint sich in Frechheit zu verwandeln. Sieh Mädchen -- dich bedaure ich -- dein Herz hat eine tödtliche Wunde empfangen -- sie zu heilen vermag ich nicht.

Selima. Und doch mein Vater, hättet ihr ihn selbst gesehen, meinen, diesen Ali -- hättet ihr ihn selbst gesehen -- die Angst -- mir dieses zu gestehen -- die Reue, solch eine That begehen zu müssen -- die Schwüre diese That -- durch eure Rettung gut zu machen --

Selim. Durch meine Rettung? -- als ob ich für dem Tod mich fürchtete! -- --

Selima. O, hättet ihr den Kampf in seiner Seele lesen können -- die diese -- zwi-

schen Liebe und Pflicht, so nennt er den Ver=
rath -- ganz fürchterlich gemartert, ihr hät=
tet --

Selim. Ihm vergeben? -- o Mädchen!
Mädchen sieh nur, wie sich dein Herz ver=
räth -- du liebst ihn noch -- und wirst wohl
ewig den Verräther lieben -- kann seyn, daß
er nicht ganz so strafbar ist -- als er mir
scheint -- kann seyn, daß er aus Pflicht --
aus Eigennutz -- aus Ehrgeitz thun müssen,
was er that -- kann seyn, hätt' er dich Mäd=
chen früher schon geliebt -- er hätte alles die=
ses nicht gethan -- so denk ich wohl als Mensch,
als Selim denk ich es, um meiner Tochter ih=
ren Mann nicht zu rauben -- was soll ich
aber wohl als Bassa thun? --

Selima. Nur für dein Leben sorgen --
mit mir in eine Wüste fliehen -- und dort
von Menschen frey in den Armen deiner Tochter
ruhen --

Selim. (sie küssend) Und deinen Ali mit
uns nehmen? --

Selima. O sorget nicht -- ich will ihn
schon vergessen --

Selim. Sag keine Lügen, Mädchen --
das Vergessen ist nicht so leicht die Sache
euers Willens -- -- (er nimmt sie bei der Hand.)
Dein Herz ist sein, als Selim auch das mei=

ne, denn Ali ist ein guter Mensch -- als Christ -- als Jud -- als Muselmann; und -- was er als Soldat gethan -- verzeih ich ihm -- als Vater herzlich gerne -- was ich als Bassa mit den jungen Helden abzuthun habe -- darüber wird das Schicksal wohl entscheiden -- vielleicht mir Pflicht und Sorg auf immer nehmen -- vielleicht auch seinem Ehrgeiz Schranken setzen. --

Selima. O, sprecht doch nicht von solchem schwarzem Ziele. Nein, nein! der Tod wird euch und ihn verschonen.

## Siebenter Auftritt.

Ein Aga. Vorige.

Aga. Verzeih o Herr! ein Derwisch bittet dich um ein geheimes Gehör -- er habe Sachen von der grösten Wichtigkeit dir zu entdecken.

Selim. Abdimalek? --

Aga. Ja Herr!

Selim. Laß ihn herein -- geh Mädchen, hier im Nebengemach erwarte mich -- ich muß dem Wohl des Staates die süssen Vaterpflichten opfern (küßt sie.)

Selima. Mein Vater! ihr gebt mir neues Leben. --

(geht ins Nebenzimmer ab.)

## Achter Auftritt.

#### Abdimalek, Selim.

Abdi. (mit der größten Heuchelen) Herr der Segen des Propheten über dich! --

Selim. Was hast du mir zu sagen? --

Abdi. Wenn zu spät vielleicht, dir dein getreuester Diener eine Nachricht bringt -- bei der mein Herz fast blutet -- o, so hat beim Propheten sey's geschworen -- nicht der Mangel meines Eifers Schuld.

Selim. Zur Sache lieber Derwisch! --

Abdi. O Herr, ich bebe und zittere, dir es zu entdecken -- -- die schändlichste Verrätherey -- die je begangen wurde -- haben die deutschen Hunde an euch begangen, die Festung ist verrathen, beinahe übergeben.

Selim. Derwisch -- deine Nachricht ist wichtig -- doch hab ich schon auf einige Schurken beinahe gegründeten Verdacht, und soll ein grausames Beispiel dieser Schurken Strafe geben -- weißt du mir denn nicht auch einige zu nennen? (Er zieht ein Blatt aus dem Busen.)

Abdi.

ein Schauspiel. 65

Abdi. (bei Seite) Weh mir! ich glaube, ich stehe oben an —— —— (verwirrt) Herr! die Vermuthung thut oft manchem Ehrenmann Unrecht —— ich selbst, ich kann betrogen seyn —— doch weiß ich zuverläßig, daß der alte Gärtner einen deutschen Hauptmann —— schon seit 6 Monden verstohlen in Muselmannstracht verbarg —— daß dieser Gärtner selbst ein Deutscher sey, daß dieser Hauptmann —— der als Perser sich in deine Gunst zu stehlen wußte —— den ganzen Hochverrath gesponnen —— ausgeführt —— ja, daß er die Griechen durch Geld bestochen, alle Nacht im Heere, das die Stadt umschlossen hält —— dem Generalen selbsten Kundschaft bringe —— und daß in wenig Stunden die Deutschen unsere Mauern ersteigen werden —— daß selbst die Griechen unterm Volk den Aufruhr angezündet —— —— Kurz, daß es unmöglich sey —— die Festung länger zu vertheidigen. ——

Selim. Und alles dieses hat der Derwisch heute erst erfahren? —— oder gar wohl nur vermuthet —— du hast durch diese Nachricht ganz in mir den Bassa aufgefordert —— ich werde handeln, wie's dem tapfern Muselmann ziemt —— sterben oder siegen —— ist's so weit schon —— so kann ich den Verrath nicht hindern —— doch muß ich einen Bürgen haben ——

E

Abdimalek für itzt seyd ihr gefangen -- he holla! (es kommen einige Sclaven und der Aga)

Abdi. Gefangen? ich? — Herr! Gnade — Gnade! (bei Seite) wo auch die Hunde, die Griechen bleiben — doch horch — vielleicht kann ich von hintenher ihm eins versetzen. —

Selim. (zum Aga) Verwahrt den Derwisch -- und laßt sogleich, was nur sich vertheidigen kann, die Wälle schnell besetzen.

(Aga mit Soldaten fallen über den Derwisch her, indem stürzt eine Truppe Griechen herein, die über die Soldaten herfallen, den Derwisch befreyen, und schreyen.)

Alle Griechen. Uibergabe! Uibergabe! -- Bassa Selims Kopf, und die Schlüssel.

(Der Bassa vertheidigt sich mit seinen Leuten, und der Derwisch gewinnt freyes Spiel, so, daß er den Bassa von hinten mit dem Dolch ermorden will.)

## Neunter Auftritt.

Ali (in Kaftan und Turban) Vorige.

(Ali stürzt mit gezücktem Schwerte zur Thüre herein, Selima aus dem Nebenzimmer kommend, drängt sich zu ihrem Vater, nnd schreit)

Selima. Hilfe! Hilfe! — Mord! —
Selim. Noch fürcht' ich Meuchelmörder nicht! —

(Ali reißt den Derwisch los, wirft ihn zu Boden, und stellt sich vor den Bassa.)

Ali. Elender Meuchelmörder! -- wag's einer näher zu kommen! —

Selim. Ali! — —

Selima. Ali! — —

Ali. (zu den Griechen) Fort — ich gebiethe euch! und jede Widersetzung kostet euern Kopf. —

(Die Griechen sammt dem Derwisch fliehen, die Soldaten des Bassa bleiben.)

Ali. Laß deine Leute nun bei Seite tretten — besorge nichts von mir.

Selim. (zu den Soldaten) Entfernt euch, thut, was ich euch befehle! —

(alle gehen ab.)

## Zehnter Auftritt.

Selim, Ali, Selima.

Selim. Du haßt mein Leben mir gerettet; ich danke dir! —

Ali. Was ich als Mensch dir itzt erhielt, ist wenig gegen das, was ich dir als Soldat entrissen habe — (wirft Kaftan und Turban weg) doch, willst du dich als Muselmann itzt rächen — der kühne Deutsche steht vor deinem

Blick allein (er wirft den Degen weg) und ohne Waffen! —

Selim. Was strafbar an dir ist — dafür wird schon ihr Amt die Vorsicht übernehmen — ich geb dir meinen wärmsten Dank — Verräther wird dich zwar die Pforte nennen — Held nennt dich dein Vaterland — was du von beiden bist? — darüber mag ich's nicht zu streiten. — Vielleicht nennt mich die Bosheit bald mitschuldig deiner Thaten — ich bin vor Gott nur rein, und achte nicht, was Wahn und was Verläumdung spricht — doch diese wenigen Augenblicke — die wir noch als Mensch zum Menschen stehen — will ich als Mensch, möchte ich als Vater gern verwenden. —

Ali. (mit überwallendem Gefühle) Das wolltest du? O so erlaub' auch mir als Vater dich zu küssen —

Selima. (wirft sich ihrem Vater um den Hals) Mein Vater! Ali komm! — komm Deutscher, wirf dich zu seinen Füßen.

Selim. Ey seht, wie ihr mich doch verrathen wollt? — Heißt denn als Vater handeln (zu Selima) den Mann dir geben? — gesetzt ich wollte wirklich auch als Mensch — kann ich als Muselmann, kann endlich wohl der Bassa selbst mit seinem Todfeind Blutverwandtschaft knüpfen? —

Ali. (mit Feuer) Wenn nur der Bassa, nur der Muselmann das Hinderniß in unserer Liebe Glück seyn soll, wie leicht kann Selim Rath hier schaffen? — Steck nur die weiße Fahne aus, wirf dich in unsers grossen Feldherrn Arm, vertausch des Despotismus Joch mit unserer sanften Regierung — vergiß den Bassa ganz -- und du ersparst sogar noch Menschenblut. —

Selim. (gelassen) Pfui, Deutscher — wär' es nicht der Liebe Eigennutz, der so aus deinem Mund ohne Kopf und Herz spricht — dein Rath — er könnte mich dich hassen machen. Sieh du begehst Verrath an Freundschaft und an Liebe, aus Pflicht für dein Vaterlandwohl — ich habe dir herzlich gern verziehen — du stahlst mir Freundschaft, stahlst mir meiner Tochter Ruhe — ich bin sogar gefaßt auch dieses zu vergessen — Soldaten haben grössere Pflichten, denen sie die kleinern opfern müssen. Doch, daß du meine Ehre stehlen willst -- daß du aus meinem Herzen Pflicht für das Vaterland loswizeln wolltest, pfuy! Deutscher, dieser Hochmuth ist zu groß. Seyd ihr uns schon an Kriegskunst überlegen -- so sollt ihr doch an Treue uns nicht beschämen -- Pfuy Deutscher! -- pfuy! du denkst gar zu klein von mir! --

Ali. Mein edler Mann, nicht so -- o glaube nicht, daß ich so klein dich denke -- die stille Größe deiner Seele ist mir zu bekannt. Wer kann bei all der Nacht von Vorurtheilen, die euer Reich umhüllt, solch ein Geschöpf, wie dieses ist (auf Selmen zeigend) wohl bilden, ohne selbst ein Licht zu seyn, das seine Nahrung nur vom Strahle der reinen Weisheit nimmt -- bei Gott! ich kenne dich -- mein Herz war dein beim ersten Blick, noch eh das enge Band durch deiner Tochter Liebe geschlungen war -- ich weiß, du kennst deine Pflicht -- es ziemt dir nicht, den Tod zu fürchten, den Tod, der deinem Vaterlande nützen kann -- doch da, wo schon alles verlohren ist -- dort fällt Erhaltung eines Menschenleben hoch im Preis -- was soll mir wohl erst deines gelten? (wirft sich in seine Arme) sieh, mit den heißen Menschenthränen beschwör' ich dich, schone deines edlen Lebens -- erhalt mir meinen Vater, denn so muß ich dich unwiderstehlich nennen -- -- erspare Menschenblut -- erspare es als ein so guter Mensch! -- Die Festung ist verlohren.

Selim. Verlohren? -- Verrathen mag sie seyn -- ich kann sie für Verrath nicht schützen -- doch sind die Mauern noch unerstiegen -- du junger Mann hast alles blos für deine

Pflicht vergessen, selbst die Gefahr deiner Lie=
be! -- ich habe nur ein Leben zu verlieren,
und dieß gehört dem armen Vaterlande -- noch
hat das Glück für euch die Würfel nicht ge=
worfen.

Ali. (wie oben) Sie liegen schon -- bei
Gott! sie liegen schon, wenn du für meine
Bitten länger taube Ohren hast -- sieh mich
zu deinen Füssen -- um Menschenschonung --
um Schonung deines Lebens fleh ich, ich kann
für dich nichts thun -- nichts für das arme
Mädchen --

Selim. (standhaft) Für mich -- für dieses
Mädchen nichts?

Ali. (plötzlich) Der Blick giebt sie mir zum
Weibe -- itzt kann ich mit euch sterben.

Selima. (fällt ihm und ihrem Vater in die Arme)
O weh! was wird aus mir! --

Selim. (nach einer Pause mit überströmendem
Gefühl von Vaterliebe) Sie lieben sich -- die Vor=
sicht hat's gefügt, was kann hier Selim wol=
len; komm junger Mann, komm Christ, komm
Deutscher! und muß schon meine Zunge dich
Verräther nennen -- mein Herz hat dich schon
lange Sohn genannt -- des Mädchens heiße
Liebe gab dir den ersten Anspruch auf dies
Herz -- sie ist mein Alles, ist mir theurer als
mein Leben -- sie hoft des Lebens Seligkeit

von dir — was ich als Perser an dir prüfte, schien mir den guten Menschen zu verrathen — doch Christ! kannst du vielleicht auch da mich hintergehen?

Ali. (fällt dem Bassa zu Füssen mit Selimen an der Hand) O laß die heissen Thränen dir den grösten Schwur besiegeln, den ich in deinen Vaterbusen schwöre — mit meiner Treu und Liebe stets deiner werth zu seyn — laß statt jedem Wort — laß hier in diesem Kuß — den Christen und den Muselmann als Sohn und Vater sich vereinen. (fällt ihm um den Hals)

Selim. (mit heitern Thränen) Nein, dieser Kuß lügt nicht — auf deinen Lippen brennt dein Herz — ja Christ! du bist mein Sohn — — und sollten alle Imans mich aus ihrem Paradiese jagen — Selima! nimm ihn hin, er ist dein Mann! —

Selima. Mein Vater! mein Ali ist mein Mann! — Ach! Vater — seht, wie mich die Worte fliehen! —

Selim. Schon gut, die werden sich bald wieder finden — nun junger Mann! die Pflichten, die ich dir mit diesem Bande gebe, die werden sich im Christen und Muselmann ziemlich ähnlich seyn — laß sie so theuer dir als meine Liebe seyn — nimm meinen Segen noch dazu —

Ali. ] (wechselweis den Baſſa umarmend)
Selima ] Mein Vater!

Selim Meine Kinder! — (ſich eine Zeit lang ganz ſeinem Gefühl überlaſſend) Guter Gott — ich danke dir — du laßt mir doch der Menſchheit ſüßeſte Freude ſchmecken — mein Mädchen, mein Sohn! — o warum muß ich itzt Baſſa ſeyn. (er küßt ſie wechſelweiſe, ſich faſſend) Doch genug — (zu Selima) du haſt ihn nun -- (zu Ali) du haſt nun ſie — ich habe als Selim eurer beiden Wünſche erfüllt — erfüllt auch die meinigen, und macht einander glücklich — So viel als Vater, als Baſſa muß ich euch nun fliehen heiſſen — du Mann ſorge für Sicherheit des Weibes, ich muß itzt für Erfüllung meiner Pflicht ſorgen. (er giebt ihm mit wechſelweiſem Gefühle von Zärtlichkeit Selimens Hand, und ſagt mit Schmerz) Kinder! ihr müſt -- müſt fliehen — der Baſſa kann euch hier nicht dulden — und Selim hat hier keine Stimme mehr.

Selima. Fliehen? mein Vater! dich verlaſſen? — nimmermehr — ich ſchwör's mit dir zu ſterben.

Selim. Itzt ſchwurſt du dieſem ewige Treu! und dieſen Schwur erfüllen, heiſt dich die erſte Pflicht des neuen Standes — der Mann geht ſelbſt dem Vater vor — noch diesen Kuß — (küßt beide) und nun fort — fort beide, fort!

Ali. Wozu denn dieses, mein Vater — erlaub' Selimen doch bei dir zu bleiben — bis nach der Festung Uibergabe.

Selim. (mit Ernst) Bis nach der Festung Uibergabe! — Der Liebe Taumel läßt den Vater und den Baßa dich nicht trennen — und wahrlich Deutscher, du kannst die Sache anders finden. Als Vater lieb ich dich — und doch wünsch ich dir nicht am Wall als Baßa zu begegnen; zum Weibe geb ich meine Tochter dir! doch müste ich als Beschützer meines Vaterlandes durch deinen Tod sie zur Witwe machen — der Baßa würde hier den Selim schweigen heissen.

Selima. Mein Vater! --

Selim. Ohne weiters — liebst du ihn, so wirst du ihm wohl gerne folgen, auch nehm' ich's für der Vorsicht ersten Wink, die dich in seine Arme führte, um einen Vater desto leichter zu entbehren. — Ist dir dein Weib so theuer, so nimm und schütze sie — hier ist für beide nicht mehr Platz — du, der du alles ausgegittert hast, wirst wohl den sichersten Weg nach euerm Lager wissen -- dort mag sie sicher bis zum Ausgang unserer Sache ruhen -- das Glück entscheide, und wenn ich oder du uns überwunden sehen, so mag für unser künftiges Schicksal denn, der Menschheit Stimme entscheiden — nun fort, und so geheim, — so klug — daß Niemand ferner nur errathe — daß Bassa Selim — so den Bassa ja vergessen konnte — Gott! und mein Seegen schütze euch — itzt fort, fort, Kinder fort, fort —. (er küßt sie) Die Zeit verrinnt — und Deutscher — hier — hier — fällt dein Kopf im höhern Preise — —

Selima. (Ali weinend) Mein Ali! — mein Vater — ach mein Herz — doch du gebiethest mir ja ihm zu folgen. O Vater — bald — bald — sind wir vereint. Mein Herz, das sagt es mir. —

Ali. O ich will diese Ahndung lösen — ja Vater — bald soll deine schwere Pflicht mit der süssen Menschheit nicht mehr streiten, ich — bei Gott! — ich will davon dich selbst befreyen — du gabst mir deine Tochter — — Vielleicht kann ich dir bald ein zweytes Leben geben — komm Mädchen, komm, — im Heere Eichenkrons ist uns des Bassa Tochter und des deutschen Hauptmanns Liebe heilig, komm nur, ich führe sicher dich — leb wohl — —

Selima. So schnell — so schnell — soll ich den Julien nicht mehr sehen — Vater — eure Julie! —

Selim. (wie aus einem Traume erwachend) Meine Julie! -- ich kann nun nichts mehr mein nennen! — ich zittere für das Mädchen, es ist ein gutes Geschöpf! --

Selima. Die dich als eine zweyte Tochter -- vielleicht -- noch etwas mehr, als eine zweyte Tochter liebt.

Selim. (überrascht) Julie? -- sie liebt mich? (sich fassend) doch, warum must du mich an sie erinnern? —

Ali. Auch ich empfehl' sie dir als Bassa, deiner ganzen Sorgfalt -- empfehl' sie dir -- wie sie dein Herz nur immer zu empfehlen fähig ist -- im Nahmen meines Generals -- --

Selim. In deines Generals Nahmen? ist der in meinem Harem so bekannt, daß er sogar, die Weiber nur, dem Nahmen nach mir empfehlen kann -- bist du auch da Spion? --

Ali. Sey ruhig! -- der Vorsicht weise Hand scheint selbst, durch alle Bindfäden der Natur -- an Deutsche dich zu fesseln -- sogar die Liebe winkt dir nach Deutschland über -- denn wisse, diese Julie ist unsers Generals Schwester! --

Selim. (erstaunt) Die Schwester eures Generals? --

Ali. Und er vertraut auf Selims Größe -- unwissend seine Liebe, daß er dies seinem

ein Schauspiel. 77

Herzen so theuere Pfand -- dir ohne Sorge überlaßt --

Selim. Dies hat das innerste der Seele mir erschüttert -- fort Kinder, fort -- du Ali, hast durch die Entdeckung einen Feind noch mehr zu Felde wider mich geschickt -- des Generals Schwester Julie -- und Sie hielt mir's geheim ---- Sie -- geht -- geht -- ich bitte Euch geht -- gebt noch einmal zu ihr, zu Julie -- und flieht mit meinem Seegen so heimlich -- und so klug -- als Liebe und Gott euch leiten möge -- nur fort, ich hör' kommen -- wir sehen uns glücklich, oder nie.

Ali.      ) (werfen sich an seinen Hals) Mein
Selima. ) Vater!

Selim. (mit Thränen der Zärtlichkeit) Fort Kinder, euer Glück ruft euch dort hin -- mich dahin meine Pflicht. (er führt sie an eine Seitenthür, und drängt sie hinein, und reißt sich los) So, fort, fort Kinder, und Julie des Generals Schwester, meine Julie -- so hätte ich das Mädchen gern genannt -- wahr Deutscher wahr, es kann ja wohl der Vorsicht Winken seyn -- mich besser noch durch Liebe hinzuziehen -- doch meine Pflicht! Nun alter Knabe -- bei Gott, ich muß versuchen -- nicht zu wollen, und so (sich ermahnend) und so muß denn der Bassa -- weder Herz -- noch Kinder haben — fort auf den Wall! dort werd' ich wohl Zerstreuung, oder gar Erholung finden! —

## Eilfter Auftritt.

Achmet. Mulai. Gefolge. Selim.

Mulai. Wohin so eilig, und so sehr erhitzt? —

Selim. Den schändlichen Verrath zu rächen.

Mulai. Verrath, trift der die Festung, oder meines Mädchens Herz?

Selim. Deines Mädchens Herz?

Mulai. Des Bassa Selims Tochter — von der mit langer Sehnsucht — ich die Nachricht einzuholen selber komme — weil Selim wie es schien, auf seinen Freund vergaß. —

Selim. (etwas gelassen) Wahr Mulai -- wahr! ich habe wirklich deine Liebe vergessen — doch hab' ich Offenherzigkeit versprochen — und diese heißt dir zu gestehen — daß meine Tochter dich nicht liebt — verzeih der Albernheit des Mädchens, die deinen Werth vielleicht nicht ganz zu schätzen weis — vielleicht daß ihr Herz zu sehr von Schreckenbildern eingenommen — nicht Raum genug für Liebe hat —

Mulai. Wenn dieses nur das Hinderniß zu meinem Glücke wäre — nun gut — so will

ein Schauspiel.

ich bis nach Ende der Schlacht mich härmen -- doch hätte wohl der Bassa mir zum Vorwand eine List ersonnen, (er nimmt Selim stolz bei der Hand) so kann auch Selim vor mir zittern müssen. --

Selim. (mit Würde) Wenn du das Heer der Deutschen heute noch vor deinem Stolz erzittern machst -- dann wieg' dich in den Traum, daß Selim vor dir zittern könne -- itzt laß uns Freunde seyn -- komm, folge mir die Festung zu rekognosciren.

Mulai. Die Liebe wirft mich wieder in der Rache Arm -- wohl denn -- ich folge, dem Geboth, ich will der Menschheit blutige Wunden schlagen.

(alle ab.)

## Zwölfter Auftritt.

Scene: vor der Festung nah am Thor. Nachts, es geht gegen Morgen. Die Wachen auf den Wällen lösen ab, Patrouillen gehen umher -- vor dem Thor stehen viele Wachen, man hört von weitem stossen, die Wachen rufen auf ein ander Allah, welches von einem zum andern geht, worauf auf den Wällen viele Türken in Waffen tretten, einige sich an die Kanonen, die andern ober das Thor stellen, der Trompetenstoß wird wiederholt — ein Aga tritt oben heraus, und winkt einem türkischen Trompeter — indessen kommt eine Trupp deutscher Soldaten näher gegen die Festung — ein deutscher Offizier tritt auf, nebst ihm ein Trompeter, der nochmals drey Stöße macht, die vom Wall herab beantwortet werden, sodann hält man eine Weile inne, während der Aga abtritt, und die beiden Partheyen in Waffen stehen.)

### Dreyzehnter Auftritt.

(Ein Begh mit Gefolge kommt aus der Festung, es wird wieder geblasen.) Vorige.

Hauptm. Laut Ordre meines kommandirenden Generals hab ich an den Bassa gegen Stellung einer Geisel dies Schreiben abzugeben.

Begh. Was ist Euer Rang? —

Hauptm. Hauptmann! — —

Begh. (Der Begh wendet sich zu seinen Leuten, winkt einem hervorzutreten.) So lasse diesen von deinen Leuten übernehmen, und folge zum Bassa.

Hauptm. (wendet sich nochmahls zu seinen Leuten.) Seht ihr mich nicht wieder, so denkt an euern Hauptmann, ehret meinen Schatten, durch meine Liebe zu unserm General — durch Treue für mein Vaterland — die Stunde
uns

unsers Ruhms wird bald schlagen, lebt wohl. (Man bläst, und der Hauptmann wird von den Türken in die Festung geführt, so wie der türkische Geisel von den Deutschen in Empfang genommen wird.)

Ende des zweyten Aktes.

## Dritter Aufzug.

(Scene: des alten Gärtners Zimmer.)

### Erster Auftritt.

Julie, Selima.

Julie. (die Selima umarmt) Komm, laß dich noch einmahl küssen, liebes gutes Mädchen — Weibchen muß ich sagen — und nimm mit diesem Kuß — auch die besten Wünsche meines Herzens hin, daß dich die Vorsicht sicher geleiten möge! —

Selima. (die sie wieder küßt) O sie gab mir die Liebe zum Führer, und den Seegen meines Vaters zum Geleitsmann, ich scheue keine Gefahr an meines Ali Hand, als den Kummer über das Schicksal meines guten Vaters. —

Julie. Auch den sollst du nicht scheuen — o welch ein Mann — und welch ein Vater! o diese Beförderung deines Glückes, welche Herzensgüsse verrathet die nicht — Engel müssen über sein Leben wachen — und dieselben eines Weibes Brust zu seinem Schilde nutzen. Zieh ruhig hin — ich will bei deinem Vater deine Stelle hier vertretten — will jedes Loos, will selbst den Tod mit ihm theilen, ja Mädchen, diese Grösse will ich ihm durch meine glühendste Liebe lohnen — wenn jeder böse Dämon diesem guten Menschen alles nimmt, so soll er ihm einer Freundinn warmes Herz doch lassen müssen — dies Schwester schwör ich dir! —

Selima. (auf's zärtlichste sie küssend) O! laß ihm dieses gute edle Herz — o Liebe, giebt uns ja für alles reichlichen Ersatz — sie wird's auch ihm — und Gott wird schon sein Leben schonen. —

Julie. Wer soll auch daran zweifeln — glaubst du, die Vorsicht bildet gute Menschen, nur um sie ärmlich zu zerstöhren? nein! Schwärmerinn — im Leiden werden sie vollendet, und Ruhe ist ihr Lohn — glaub mir, die

Stürme werden wider deines Vaters Haupt vertoben -- und unser aller Glück wird seines erst vollkommen machen.

Selima. Gutes Mädchen -- deine Wünsche! --

Julie. Sind Ahndungen -- sey ruhig, sey ganz ruhig -- ich fühle etwas grosses hier in diesem Busen schlagen -- sobald du fort bist, eile ich zu deinem Vater! --

## Zweyter Auftritt.

Ali als Offizier, Frank mit einem Bündel. Vorige.

Ali. O meine Liebe! (Selima in die Arme eilend, zu Julie) O meine Freundinn!

Selima. Mein Geliebter! --

Julie. Sie nennen mich Freundinn -- ich will hoffen, daß ich auf diesen Nahmen stolz werden darf, ich will in Ihnen lieber den Menschen, nicht den Helden bewundern.

Ali. Ich verstehe Sie edle Deutsche -- und Sie sollen mich dafür finden -- unser grosse General, ihr fürtrefflicher Bruder -- giebt unsern Soldaten von Menschlichkeit das erste Beispiel -- in wenig Stunden hoft er Sie selbst aus diesen Mauern zu führen! -- dies

Ihnen selbst zu melden, ist mir sein mündlicher Befehl.

Julie. Sie bringen ihm denn meinen Dank — und als meines Herzens theurstes Unterpfand Ihr Weibchen, meine Selima — (küßt sie) Nu, sind die Kleider schon parat? es wird schon hohe Zeit — der Morgen graut.

Frank. (die Kleider aus dem Bündel ziehend.) Das ist alles Fix und fertig — ohne Sorge, der hier da, kennt ja die Schliche und Wege des Morgens hat's auch nicht Noth — die Herren Türken haben wohl itzt andere Sachen um den Ohren, als ein paar verliebte Wachteln zu fangen — ohnedem hoff' ich wird in ein paar Stunden die ganze Arbeit geschehen seyn. Der General hat die Festung auffordern lassen — und da wird wohl das klügste seyn, man giebt ihm die Schlüssel ohne Nasenstüber!

Selima. O Gott! ich zittere für meinen Vater — ich kenne seine Liebe für sein Vaterland, seinen Muth —

Frank. Aber auch seine Einsicht, daß hier nichts mehr nützen kann. Fürchten Sie nichts, das Pfand, das wir in Händen haben (auf Selima zeigend) wird ihn um so gewisser zu den besten Mitteln bewegen.

Julie. Rechne auf meine Sorgfalt für deines Vaters Leben, und itzt noch diesen Kuß der Freundschaft — mein Herz hat noch etwas mehr zu bestellen. (Sie umarmt Selima) Liebe — liebe Schwester! — bald — vielleicht recht bald noch näher verwandt — Herr Hauptmann bringen Sie meinem Bruder diese Umarmung — als Schwester warte ich seiner sehnsuchtsvoll mit offenen Armen — als Wittwe sieht er mich nicht wieder! —

Selima. (weinend an ihrem Hals) Als Wittwe dich nicht wieder — o gutes liebes Mädchen — schütze meinen Vater! —

Ali. Gott wird für sein Leben sorgen — wird so viele gute Menschen schützen — komm komm, die Zeit verschwindet — Sie edle Freundinn, Ihnen wird ein besserer Dank die Fülle meines Herzens verkünden.

Frank. Kommen Sie nur, hier im Nebenzimmer kleiden Sie sich an — wir beide haben noch am Wall etwas zu thun, nur machen Sie, daß Sie fertig sind, wenn wir wieder kommen.

Julie. So geht nur fort, ich will ihr helfen — doch zaudert nicht, und achtet auch die kleinste Gefahr nicht gar zu klein —

Ali. O fürchten Sie sich nicht — ich werde hier als Mann, und als Geliebter handeln.

Selima. Mein Ali —

Ali. Meine Selima —

Julie. Fort! fort! — zum Liebe girren habt ihr Zeit, wenn erst die Festung über ist. (Sie führt sträubend Selima ab.)

(Hauptmann nämlich Ali, und Frank ab.)

## Dritter Auftritt.

(Scene im Divan.)

Selim, Achmet, Mulai Hassan, mehrere Befehlshaber.

Selim. *(er verläßt seinen Sitz, und alle übrigen folgen.* Es war mein Wunsch, euch alle so beherzt zu finden, in deinem Muth, in deiner Treue Achmet liegt der Festung ganzes Schicksal! — Ich hoffe den Verrath durch unsere Tapferkeit zu höhnen. —

Achmet. Und ich zu strafen durch der deutschen Blut — und mit diesem Schwur verlaß ich dich — *(reicht ihm stolz die Hand.)* Ich eile nun zu meinem Heer, und greif' vor Sonnenaufgang noch die Deutschen an, ihr macht den Ausfall in ihr Lager — und hat die Morgenröthe den Horizont vergoldet — so ist in einem Strome Bluts verschwemmt euer Schimpf, und meine Rache.

Selim. Ich werde des Divans Schluß durch ihren Offizier ins deutsche Lager senden.

Achmet. Wozu? — wir hauen die deutschen Hunde zusammen — wir überfallen sie — und Antwort finden sie in unsern Kugeln oder Klingen.

Selim. Pfui! dafür soll mich die Vorsicht schützen, zu solcher Grausamkeit fühl' ich mein Herz nicht geschaffen — das Völkerrecht soll wenigstens mir heilig seyn. Der Offizier kommt unbescholten in der deutschen Lager — auch soll nicht eine einzige Sekunde vom Waffenstillstand abgestohlen seyn — wir wollen Soldaten seyn, nicht Meuchelmörder —

Achmet. Thu, was dir auch beliebt — ich geh, den Feind zu schlagen — und komme nur zurück — um die Geschichte meines Ruhms und meines Sieges zu erzählen — Leb wohl! (sie umarmen sich, und Achmet geht mit einem Theil Gefolges ab.)

## Vierter Auftritt.

Selim zu einem Befehlshaber.

Man lasse mir den deutschen Hauptmann kommen — (ein Begh geht ab. Selim geht etwas beklemmt vorwärts) Die Deutschen sollen von Muselmännern besser denken lernen — ich sehe, alles ist für mich verlohren, nur soll es nicht die Tugend seyn -- so schwer ich sie auch von mir lasse -- er nannte sie des Generalen theuerstes Pfand -- auch mir das theuerste -- doch auch das einzigste, was ich ihm geben kann -- geben muß -- Sie liebte mich, so schien es mir -- so sagte mir's Selima -- o! dann, ja dann hab alles, freylich ich verlohren -- Allein, wer weis, ein Mädchenherz scheint viel -- ein Mädchenmund spricht viel, wer weiß, ob sie mich liebt -- ob sie so heiß mich liebt als ich -- bei Gott, ich wünsch' um ihrer selbst es nicht -- Liebt sie mich so -- könnte sie so heiß, wie ich sie liebe, lieben -- so ist o Schicksal diese Trennung mir das gröste Opfer, was du forderst -- doch du! du forderst -- und sollst den alten Knaben hier zum erstenmal nicht murren hören -- auch dieses Opfer bring ich dir -- (ruft einen Aufwärter) Das deutsche Mädchen bringe man sogleich hierher. (Aufwärter ab, ein Begh kömmt.)

Begh. Der deutsche Hauptmann! --

Selim. Bringt ihn herein.

ein Schauspiel.

## Fünfter Auftritt.

Voriger, Hauptmann.

Selim. Ihr Feldherr zählt das Glück selbst unter seine Sclaven —, dieß zeigt der Auftrag, den Sie an mich hatten — der Festung unbedingte Uebergabe. Die Vortheile, die sie bisher über uns erhielten, machen, daß sie uns verachten; doch melden Sie dem Generalen, daß ich als Baſſa meine Pflicht, als Muselmann des Schickſals Macht erkenne — Daß ich der Fahne Muhamets nur meine Treue oder meinen Tod schwur — und daß ich mit meinem Kriegsrath mit einer Stimme entschloſſen bin zu siegen oder zu sterben -- auf Uibergabe sey in keinem Falle zu denken.

Hauptm. Mich dauert der Menſchen Blut -- doch schätze ich des Baſſa Treue für seine Pflicht als Deutscher -- als ein Mann von Ehre! -- ich bin sogar erfreut, einen Mann persönlich zu kennen, von dem der Ruf in unſerm Lager selbst so viel Gutes sprach! --

Selim. Ich wünschte diesem Ruf durch Thaten zu entsprechen; doch feindliches Gestirn wallte über uns -- soviel als Baſſa -- als Menſch hab' ich noch einen Auftrag — ein Geschäft, durch deſſen Gröſſe ich den deutſchen Mann zu ehren glaube.

Hauptm. Was nicht mit meinen Pflichten streitet, steht alles dir von meiner Seite zu Geboth —

Selim. Bewunderung hat die halbe Erde wohl vielleicht schon lange ihrem Generale geschenket, wie sollte ihm die meinige auch fehlen. Ihm meine ganze Achtung zu bezeugen, hat mir das Schicksal itzt Gelegenheit gegeben. Von sicherer Hand hab' ich erfahren, daß ich von ihm ein theures Pfand besitze; was seinem Herzen als Mensch so theuer ist, wird Selim einem edlen Manne nie vorenthalten, auch wenn es ihm sehr theuer wäre. Sie werden sicher in ihr Lager wiederkehren, und also darf ich Ihnen auch wohl diesen Schatz vertrauen.

Hauptm. Ich will auch des Vertrauens mich würdig beweisen.

(Ein Aufwärter kömmt, und sagt dem Selim was ins Ohr.)

Selim. Laßt sie herein! nur da herein!

## Sechster Auftritt.

### Julie, Vorige

Julie. (mit einer edlen Heiterkeit des Geistes) Herr! dein Befehl hat meinen Wünschen eine Bitte erspart. (sieht den Hauptmann und stockt)

Selim. (mit kämpfender Unruhe) Was fesselt deine Zunge? doch wohl nicht der Anblick dieses Mannes?

Julie. In Wahrheit Herr, die frohe Miene dieses Mannes wirkt in mir Gedanken — Wie? hätte wohl der Menschheit guter Engel durch gütige Vergleiche der Ströme Blut erspart. — Hat wieder Muselmann und Deutscher sich erinnert, daß sie alle Kinder eines Vaters — alle Brüder sind — o dann — dann sey dieser frohe Blick auch mir gesegnet — dann sey — (da sie des Bassa Unruhe erkennt, stockt sie wieder.)

Selim. (sie fassend und einfallend) Nu Mädchen! weiter, weiter, was fehlt dir wieder?

Julie. (mit einer heftigen Unruhe) Deine Ruhe — du liessest mich zu Dir berufen — ich finde einen deutschen Krieger froh an deiner Seite stehen, auf deiner Stirne mahlt sich ein schmerzliches Gefühl, und Selims Auge sucht das meinige zu fliehen — warum läßt du mich rufen? — was soll ich hier vernehmen — was will der Mann von dir — was kann er von mir wollen? — sprich Herr — sprich Selim! sieh, ein deutsches Herz hat auch für grosse Leiden Platz —

Selim. In Wahrheit Julie! ich habe der Schwärmerey bei dir mich nicht versehen, auch fällt mir ganz besonders dein Betragen auf, du zitterst heut zum erstenmal vor meinen Blicken —

Julie. Kann seyn; doch lassen mich auch heute deine Blicke zum erstenmal nicht ganz den guten Selim finden.

Selim. Nicht ganz den guten Selim — wie Mädchen! ist wohl an dieser Täuschung deine Phantasie — ist gar vielleicht ein böß ertapptes Gewissen Schuld —

Julie. Ein böß ertapptes Gewissen Schuld — Gewissen — böß — ertappt — worauf — seit wann? — erkläre dich Bassa (mit Würde) Noch ward mein Schlummer nie durch einen solchen Traum gestört —

Selim. Man hält Verschwiegenheit sonst nie für Weibersache; doch finde ich wohl, daß, kömmt es darauf an, für Männer neue Plagen zu ersinnen — ihr sogar auch schweigen könnet.

Julie. (überrascht) Wenn nicht der bösen Männer Künste böseste den Vorwand dich entlehnen hieß, so sprich als Selim einmal noch zu mir, bevor, wie ich vermuthe, als Bassa du zu handeln denkest. — Sprich Herr! was hab' ich dir verschwiegen, was je den Nahmen einer Weiberplage verdienen könnte? sprich

ein Schauspiel. 93

— Männer stehen hier — ein schwaches Mädchen ich — doch will ich mich vertheidigen.

Selim. Du forderst die zu Richter auf, um mich durch das Geständniß meiner eigenen Schwäche zu beschämen — bei Gott! ich schäme mich der schönen Schwäche nicht, mit 60 Jahren noch für Schönheit und für Tugend warm zu fühlen — ich schäme mich nicht, dich Julie -- dich eine Deutsche, eine Christinn je geliebt zu haben. — Sie sollen mich verdammen, wenn sie Augen haben — und wenn der Koran ihnen Zweifel schaft, so mögen Sie selbst den Propheten fragen, ob nicht die Liebe zur Schönheit und zur Tugend selbst Gottes schönstes Werk sey — ich also schäm' mich dessen nicht — der Muselmann wird sicherlich im Kampf hier mit dem Menschen unterliegen — ich schäm' mich dessen nicht — ja, ja sie sollen's alle wissen, daß an deinem Herzen meine ganze Seele hieng, daß ewig sie daran gekettet wäre — wenn über deine eigne Liebe nicht die Politik gesiegt hätte.

Julie. Die Politik? — (mit Anstand) Ha Selim! wie ich merke, so zeugst du mir wohl gar Betrug? — ich bin mir dessen nicht bewußt — die Politik und Liebe, ich meine die wahre Liebe, können nie Gefährten seyn, -- ich hab' mein Herz dir ohne Hinterhalt gegeben -- ich habe deine Liebe, wie du's verdienst -- (mit Thränen) von ganzer Seele erwiedert -- sprich also Selim, was hab ich zu erfahren?

Selim. Daß die Schwester des feindlichen Generals nicht länger meine Gefangene seyn soll -- daß Selims Liebe für sein Vaterland nie das Familienglück edler Menschen stöhren wird, daß die Grösse Eichenkrons jedes grosse Opfer verdient -- und also auch die Aufopferung einer Leidenschaft, die mir höchstens nur eine unruhige Stunde gemacht haben würde, wenn Julie offenherzig genug gewesen wäre, mir wissen zu lassen, welche theure Bande sie an Europa fesseln -- Herr Hauptmann! dieses theure Unterpfand ist ihres grossen Generals Schwester, und Selim will ihm nichts von seinem Herzen stehlen --

Alle. Des deutschen Generals Schwester? --

(Julie steht stumm, die Thränen brechen ihr aus den Augen.)

Selim. (der durch sein Gefühl überwältiget ist, zieht einen Ring vom Finger, nimmt Julien bei der Hand, und steckt ihr denselben an ihre Finger.) Er ist so ächt als meine Liebe war — zieh hin — in einer bessern Welt sehen wir uns wieder — Herr Hauptmann noch einmal, es ist des Generals Schwester. —

(er will schnell fort.)

Julie. (aus ihrem Taumel auffahrend, drängt sich durch die Anwesenden, und hält den Bassa auf) Ha! des Generals Schwester vergißt hier Bruder, Stand und Vaterland, wo nur der Menschheit edlere Empfindung schlaget, höre Bassa mich — als Feldherr oder Mensch, wie's dir beliebt — ich war gefangen, — gekauft — von dir — und dieser offne Kauf däucht mich sogar noch ehrlicher, als jene Menschenmäcklerey, die in Europa so zur Mode geworden — gekauft war ich von dir — und dein — so gut wie jede andere Sache dein — das duldete gelassen ich, wie jedes bösen Schicksals böse Laune. Frey war mein Herz doch — für jedes Ungemach hielt' ich nur meinen Spott bereit — mein Herz war frey — du kamst — sahst mich — und bald war ich nicht als Gefangene mehr betrachtet — mit Sanftmuth — mit Gemächlichkeit ward ich behandelt — und Dankbarkeit schlägt in der deutschen Brust — mein Herz vergaß das nicht — bald lernte ich näher Selims Herz kennen — Glaubst du vor dieser Männerzahl erröthe wohl das deutsche Mädchen zu bekennen, daß ich noch keines fand, noch keines träumte, an Grösse und an

Wärme gleich — du lerntest mich das Glück der reinen Liebe an deinem Werth erkennen — und Dankbarkeit sprach leise nur von Pflicht, wo laut des Herzens Stimme die Liebe überschrie — zu groß war Selims Liebe, als einen Tausch für meine Freyheit abzudringen — doch was ein Blut zum warmen Mädchenherzen spricht — gilt mehr als Worte — ich war dein — (mit edlem Feuer) Hört ihr's Männer — sein war ich nicht abgetrozt — nicht künstlich in des Mannes Netz durch Buhlerei geschlungen — durch eine höhere Macht bestimmt, das hier in ihm — das er an mir zu finden, wovon man fühlend schweigt — was sich nur schweigend fühlen läßt — ich war ihm alles, was er mir — Nun Bassa! hast du noch so viel Stolz dies alles selbsten dir zu rauben — hast du so viele Grausamkeit, dies alles mir auch zu entreissen — du schweigst — und ihr — ihr Männer, ihr steht stumm? — (nach einer Pause) Herr Hauptmann, sie sehen, ich bin frey, bin mir selbst gegeben — Dies melden Sie dem Generalen — doch sagen sie, daß seiner Schwester Glück im Arm des Bassa wohne — und fragen Sie ihn dann, ob sie ihm das entreissen sollen — hier schwöre ich den deutschen Schwur, der Treue, schwör' Liebe oder Tod! Nun wagt es,

mich

mich von ihm zu trennen — wag's kinderlo=
ser Vater mich auch zu verstoßen. — (fliebt in
Selims Arme, und schlingt sich fest um ihn.)

Selim. (überrascht, drükt sie fest an seine Brust)
Bei Gott! ich laß dich nicht — ich kann dich
nicht mehr lassen -- (nach einiger Fassung) Herr
Hauptmann, sehen sie her! -- ich nahm das
Mädchen nicht -- sie gab sich mir selbst -- Ihr
General -- er fodere mein Leben -- gern geb'
ich's ihm doch nur das Mädchen nicht.

Hauptm. (gerührt) Ihr seyd ein edler Mann--
Herr! dies Gefühl bürgt mir für wahres gros=
ses Menschenherz -- und dies Geschöpf wird
durch die kluge Wahl nur mehr des Nahmens
Schwester unsers Generalen werth; -- zu viel
ist's dann, euer Glück durch derer Forderung zu
stören -- Die Festung Bassa war mein Auf=
trag nur von euch zu fodern -- nicht seiner
Schwester Freyheit -- oder eurer Liebe Tren=
nung. — Die Zeit verrinnt, ich glaube, mein
Geschäft ist zu Ende. --

Selim. Zu Ende -- wahr! nur nehmt für
meiner Freundschaft Rückerinnerung noch diesen
Ring mit euch (zieht einen vom Finger) und sagt
dem Generalen, daß ich für meine Pflicht ge=
lernt habe zu sterben -- das übrige wird Gott
entscheiden. --

(ein Unterbefehlshaber kömmt.)

Unterbef. Herr, die Deutschen scheinen schon bereits das Lager zu verlassen -- und nah an unsere Mauern zu rücken -- und unsere Soldaten verlangen euch zu sehen!

Selim. Herr Hauptmann, eilen Sie -- eh noch vielleicht des Trosses Rasen das Völkerrecht verletzet, mich rufet itzt meine Pflicht. (Hauptmann ab) Und du o Julie bleibst itzt in meinem Harem -- was Gott beschließt, erwart' ich mit Gelassenheit -- im Grabe -- oder im Hochzeitbette. Auf meine Freunde! itzt gilt es Ehre oder Tod. --

Alle. Es gilt nun Ehre oder Tod. (alle ziehen die Säbel) (man hört Lärmen.)

Julie. Halt! noch ein Wort — du gehst in die Gefahr — und lassest mich zurück — willst mich zurücklassen — Ha eine Deutsche, die dir Treu und Liebe schwur, fängt damit an ihr Wort zu halten — daß sie für dich — daß sie wenigstens mit dir an deiner Seite stirbt--

Selim. Julie— wir ziehen in den Streit.—

Julie. Zum Tod, ich hör' es ja — ein Weib auf eurer Seite gibt öfters Männern Muth; zwar streite ich nicht wieder's Vaterland — zwar wünsch' ich meines Bruders Sieg — nur schwur ich Lieb und Tod mit dir zu theilen, diesen Schwur halt' ich als — deutsches Weib. Kommt! kommt, hört ihr denn nicht?

(eine Menge Soldaten stürmen herein.)

Alle. Herr, die Deutschen rücken schon von allen Seiten an — wir wollen siegen oder sterben —

Selim. Ha, dieser Muth ruft doppelt mich auf eure Seite, kommt Brüder, kommt; versuchen wir, was Muth und Glück uns hoffen lassen — kommt, kommt — ihr werdet stäts an eurer Spitze mich finden.

Julie. Und mich an deiner Seite! kommt! kommt! —

Alle. Zum Sieg! — zum Sieg! — es lebe Bassa Selim! — (alle ab.)

## Siebenter Auftritt.

(Scene vor der Festung. Zeit gegen 3 Uhr Morgens.)

Abdimalek (allein.)

So! so! — was sich nicht alles in einer Nacht erleben läßt — wie oft doch in einer Minute ein ehrlicher Mann in Versuchung gerathen kann, ein Spitzbub zu werden! Wenn ich dem Worte ehrlich recht nachdenke — so finde ich, daß dieser Begriff sich so ausdeh=

nen läßt, daß einem klugen Kopf nicht so leicht bange werden darf, nicht in diesem Mantel Platz zu finden — es war gewis sehr ehrlich von mir, daß ich dem deutschen Hauptmann so getreulich für die ehrlichen Kaiser=Dukaten alle geheimen Winkel und Wege der Festung gezeigt, und ehrlich war's doch auch, daß ich den Bassa von der nahen Gefahr des Aufruhrs warnen wollte — es schien mir auch so ganz ehrlich für den feindlichen Generalen, wenn ich ihm des Bassa Kopf hätte bringen können — aber die ehrlichste Arbeit glaub' ich doch noch vor mir zu haben; — der Bassa von Zangira liebt die Tochter Selims — und Selim wäre ihm doch billig für die Dienste, die dieser Mann uns liefert — so ein unbedeutender Dienst als ein Mädchen und zumal eine Tochter ist, dieselbe schuldig; und handelt also wohl gar nicht ehrlich, daß er Sie einem Andern — unserm Feind, und sogar einem Christen gibt — der Derwisch hat da sogar ein Wörtchen mehr darinn zu reden — ha! ha! ha! — so ist das ja gar ein Meisterstück meiner Ehrlichkeit, wenn ich dem Mulai Hassan das Mädchen zubringe. — Doch was zubringe! — um mein Gewissen zu erleichtern, wenn ich's ihm entdecke -- ihm Gelegenheit mache, das Mädchen dem jungen Kerl abzujagen —

und sie verhindere, daß der grosse Prophet nicht um eine Anhängerinn weniger bekomme! — O treflich — treflich, das ist wahrlich ehrlich im höchsten Grad -- es gibt wohl einige — es wird zwar gewis einige geben, die mich darob einen Spitzbuben schelten; aber -- ha ha ha! das Wort ehrlich paßt auch dazu -- ehrlicher Spitzbube -- nu, das kömmt auf eins hinaus -- also zum Werk -- hier muß der Bassa kommen -- da ist er auch schon --

## Achter Auftritt.

Mulai Haſſan, Gefolge und Janitſcharen, Derwiſch.

Mulai. Ihr wißt, was meine Befehle gelten, Gehorsam oder Tod! —
(Will fort, der Derwiſch drängt ſich hervor.)
Derw. Verzeih o Herr! — wenn dein getreuester Diener —
Mulai. Verzeihung? — und getreuester Diener? — Soll ich dir deine Treue verzeihen?
Derw. Du wirst nicht gar so klein den Dienst erkennen, den ich durch die Entdeckung dir zu leisten hoffe.

Mulai. Entdeckung? welche? in solchen Fällen darf man sogar Schurken trauen.

Derw. Verzeih, das ehrlichste Stück Arbeit, was ich je verrichtete.

Mulai. Zur Sache -- die Entdeckung? --

Derw. Ist fürchterlicher Gräuel für ächte Muselmanns-Ohren! — des Bassa Selims Tochter, die man dir so schändlich abgeschlagen, entflieht noch diesen Morgen aus dem Harem.

Mulai. Des Bassa Tochter — die süsse zärtliche Selima? entflieht -- betrügt so heimlich — so in Zucht und Ehren? —

Derw. Nicht so ganz heimlich, wie ich denke, der alte Graukopf spielte wohl des Zubringers Rolle meisterlich.

Mulai. Der Bassa Selim? —

Derw. Ha! ist auch Politik dabei -- wer kann's dem Alten auch verdenken, wenn er so klug ist, so eine artige Gesandtschaft ins Christenlager vorzuschicken.

Mulai. (immer erstaunt) Gesandtschaft — Christenlager? Derwisch, deutlicher und kürzer! — dein eigener Strick verübt sonst gleich, an deinem Hals die beste Arbeit —

Derw. Herr! wenn ich euch Unwahrheit sage, so macht aus meiner Gurgel einen Tobaksschlauch! —

**Mulai.** Der Bassa Selim hätte seine Tochter mir nur darum abgeschlagen, um durch den Kniff die Gunst der Deutschen desto sicherer zu erschleichen — Ha Alter, ohnehin sitzt dein Kopf nur auf einem schwachen Faden — auch du wirst meiner Rache reif — sprich Derwisch, was du weiter von der Sache weist.

**Derw.** Das Ende des Liedes ist an Euch zu singen — noch ist das Schäfchen nicht im Wolfsrachen, nur in seinen Klauen — es abzujagen liegt in euerm Muthe.

**Mulai.** Das Mädchen abzujagen — ihm dem Christengauer, denkt man itzt auf solche Streiche? — doch es gilt Rache an dem Alten -- Rache an dem Mädchen, und Rache an der Christenbrut, die mir so tiefe Wunden schlug — sag' Derwisch, sage mir, wo find' ich sie?

**Derw.** In einer kleinen Weile hier; durch diese Mauern geht der geheime Weg, wodurch so oft sich Liebe und Verrätherey geschlichen; verbirgt eure Leute nur — und bald erscheint das liebe süsse Paar -- ihr stürzt hervor — und dann versuch's, was wohl der Deutschen Muth vermag.

**Mulai.** Gut, gut! ich harre hier -- vertheile meine Leute; ich werde deinen Lohn dir nicht vergessen.

Derw. (bei Seite) Versprechen, kahle Worte — zuletzt wär' noch der Deutsche meine beste Kundschaft — bei meinem Bauche, dann wäre meine Arbeit hier wohl gar nicht ehrlich. (winkt den Leuten bei Seite)

## Neunter Auftritt.

**Mulai** (allein)

Bei Gott! ich bin mir selbst ein Räthsel! um mich zu rächen opferte ich alles — die Ehre selbst seh ich in einem andern Spiegel, im Blut meiner Feinde die Ehre! — ha! ihre Flamme brennt so wüthend mir im Busen, daß sie alles um sich verheert — das Bekenntniß meiner Väter war mir ein leichter Faden nur zu brechen — weil dies das einzige Mittel war, um ihnen beizukommen, die so schändlich mich beleidigten. — Nun steh ich da -- nun bin ich ja am Ziel -- bald kann ich wüthend auf sie niederstürzen, und — siegen! oder sterbend mich an ihrer Wuth doch laben. — Ha! wie das feurig mir vor meinen Sinnen schwebt, und doch bei Gott! es giebt der Augenblicke, wo ich so sehnlich wünschte, nicht das gethan zu haben — ich hasse das Geschlecht, des Blut in meinen Adern rollt —

ich will dem Vaterlande schaden, aus dessen
Schooß ich stieg — ich fühl' des Undanks
Vorwürfe — aber nein — ein grosser Geist
achtet nicht des ärmlichen Gewinsels — Du
Rache bist mein Gott! — die Männerschritte,
die ich auf deine Flügel getretten, verkleinere
nicht der Armen Winseley von Pflichten und
Gewissen — ich räche mich an dir, verräthe-
risches Geschlecht! an dem Kleinsten, wie an
dem Größesten. — Ha! der Gedanke billiget
die That — daß Mulai sogar hier auf Selims Tochter wartet, um einem Deutschen dieselbe wenigstens zu entreißen — genug für
meine Wuth, daß er ein Deutscher sey. —

## Zehnter Auftritt.

Selima, Ali (beide im Kaftan) Frank, bald
hernach Mulai.

Frank. (mit einer Blendlaterne) Da ist noch
alles ruhig, und rechts der nächste Weg ins
Lager — Gott schütz euch Kinderchen, und
geht's euch wohl, so denkt an euern alten
Freund.

Selima. Glaubst du, daß ich dies je vergesse? Die guten Dienste — o nur Geduld —
dein Lohn wird sicher folgen.

Ali. Gewiß, du biederer guter Mann! dir dem ich alles danke, gewiß — du sollst an mir den Menschen finden, der Dankbarkeit als seiner Pflichten höchste kennt — und nun nichts weiter — bring diesen Kuß dem Bassa, und die Bitte, ja Menschenblut zu schonen.

Selima. O bring die Thränen seiner Tochter ihm, und meine Bitte an Julien, ja diese Tochter ihm ganz zu ersetzen.

Frank. Fort Kinder, fort! zum weinen und zum danken wird später Zeit noch seyn, denkt nur, der Morgen graut.

Ali. Geh guter Alter, kehr zurück — hier weiß ich schon die sichern Wege — auch stehen im Hinterhalte schon meine treuen Leute! —

Mulai. (tritt hervor) Halt Elender! — so leicht entführst du wohl des Bassa Tochter nicht — he, holla! —

Selima. Ach! Allah! ach ich bin des Todes. (wird ohnmächtig)

Ali. Verrätherey des Derwisch — hervor ihr Freunde! (es stürzen von Seite des Mulai und des Ali Soldaten hervor; zu Frank) Versorge du mein Weib, ich muß als Mann itzt meine Pflichten erfüllen.

Mulai. (dessen Leute mit Fackeln und Gewehr herzueilen) Ergreift den Frevler dort! ein Christ will eine Muselmänninn entführen.

**Derwisch.** (der voran geht) Ja Söhne des Propheten — ein Christ, ein Christ —

**Ali.** (zu seinen Leuten) Ihr meine Freunde, helft itzt meiner Liebe siegen — euer Hauptmann bittet euch darum.

**Mulai.** Folgt meinem Beispiele. (greift voraus an, Ali wirft seinen Kaftan weg, und ergreift eines andern Schwert)

**Ali.** Nur mit meinem Tod besiegle ich meine Treue. (er kömmt an Mulai, so, daß beide handgemein werden) Ihr Deutschen, haltet euch!

**Mulai.** (fechtend) Auch hier wallt deutsches Blut!

**Ali.** (stockt) Deutsches Blut? (erblickt den Mulai näher, beide erschrocken) Allmächtiger Gott! sind diese Züge nicht zu tief in meinem Busen eingegraben, daß diese Aehnlichkeit mich beben macht — doch du erschrickst, um Himmelswillen gieb mir Aufschluß — bist du's -- bist du es nicht? —

**Mulai.** (ihn erkennend, läßt sein Schwert fallen) Ich bin's — bin Oldenberg —

**Ali.** (mit der größten Verzweiflung) So tödte mich um Gotteswillen — zum Vatermord bin ich nicht gebohren — weh mir — es ist um mich geschehen.

**Mulai.** Entsetzen! — Schicksal, du hast mich gebeugt —

(Die teutschen Soldaten gewinnen die Oberhand, und kommen dem Mulai so nahe, daß, da die Muselmänner fliehen, er zum Gefangenen werden könnte.)

Ali. (drängt sich dazwischen) Genug ihr Freunde! — hier heißt mich eine grössere Pflicht die kleinere vergessen — geht, kehrt als Sieger in der Deutschen Lager, ich kann euch nicht mehr folgen — ich könnte ohne diesem nicht zurückkehren — und diesen führe ich nicht zum Tode — hier bin ich eher Mensch — ich verließ euch nie — nie — doch hier sagt meinem Generalen — hier stockt mein Blut — es ist mein Vater — seht Vater, ich bin euer Gefangener — das Leben hat für mich itzt keinen Werth. (während dieser Rede drängen sich die Muselmänner wieder vor, und treiben die Deutschen zurück, Selima, die indessen umringt wird, ruft) Ali! Ali!

Mulai. Ich bin fast wie vom Blitz getroffen — so soll das erste Opfer meiner Rache denn mein eignes Kind mir werden?

Ali. (zu Selima, indem man ihm Fesseln anlegt) O Weib, ich bin verlohren — — Mein Vater tödtet mich — ach! warum habt ihr uns verlassen?

Mulai. (faßt sich) Bringt beide in die Festung; mich ruft die Pflicht. (fällt ihm um den Hals) Sohn! Sohn! dich hoft ich hier wohl nicht zu finden.

Ali. (fällt ihm zu Füssen) O, Vater! vermag ich noch etwas zu eurem Herzen zu sprechen -- o! kommt mit mir - zu den Füssen des Monarchen liegt noch für euch Verzeihung -- für euch und meines Weibes Glük -- kommt mit -- ich führ' Euch hin.

Mulai. (trotzig) Zu Füssen -- Ha! Verwegener! zu rächen schwur ich mich -- willst du durch Weiberwaffen mich verhindern -- lieg einstweilen in den Fesseln, die meine Siege dir nur lösen sollen -- ich kenne Tod nur oder Rache. -- Auf! auf ihr Söhne Muhamets -- die Deutschen sollen bluten!

(alle verwirrt ab.)

(Ende des dritten Aktes.)

# Vierter Aufzug.

Scene: das Lager der Deutschen mit des Generals Zelt, in der Ferne sind die Soldaten in Reihen vertheilt.

## Erster Auftritt.

(Prinz Eichenkron steht an einem Feldtisch, auf dem eine Karte liegt, alle Generals und Staabsoffiziere hinter ihm; der Hauptmann, der zur Ausforderung der Festung abgeschickt worden, steht hinter dem Prinzen.)

Hauptm. Euer Excellenz -- der Bassa ist ein Mann von Ehre -- schon seine Miene spricht für ihn -- er fühlt die Macht des deutschen Muths -- doch zu getreu nur seiner Pflicht -- will er mit seinem Tode dieselbe noch versiegeln -- die Übergabe ist abgeschlagen --

Prinz. Ich schätze des Mannes Treue -- doch dauert mich Menschenblut -- kein anders Mittel als zu stürmen.

**Hauptm.** So fest ich auch des Mannes Seele als Bassa fand -- so sanft -- und edel fand ich sie als Mensch -- als diese wünschte er Euer Excellenz das gröste Opfer selbst zu bringen.

**Prinz.** Ein Opfer mir! -- mir? --

**Hauptm.** Wen würden auch die Reitze Juliens nicht fesseln, selbst dieser Zug beweist des Herzens Güte, in einem Mann von 60 Jahren, er liebt sie -- wie ein Mann von Ehre und Gefühl nur zu lieben vermag -- und ihre Schwester liebt ihn wieder.

**Prinz.** Stäts war das Mädchen sonderlicher Grillen voll --

**Hauptm.** Doch edelmüthig schlug der Bassa selbst die edelste Empfindung aus -- er trug mir auf, Euer Excellenz Ihre Schwester selbst zu überbringen.

**Prinz.** (rasch) Wo ist sie -- wo ist sie meine Julie?

**Hauptm.** Sie folgte nicht! -- Sie liebt den Bassa -- schwur mit ihm zu sterben; und nichts vermochte sie von seiner Seite zu bringen -- Sie bleibt -- Erwartet Sie als Sieger, und als Bruder! --

**Prinz.** Der bleibe ich ihr, der werde ich ich dem Geschöpfe ewig bleiben -- fühlt sie sich glücklich, so mag sie handeln, wie sie will -- ich wünsche herzlich, daß sie nicht zur Wittwe werde -- und nun ihr Freunde! auf. Die Festung wird erstürmt -- Sie General von Donbrunn brechen mit dem rechten Flügel auf -- und Sie Herr Obrist Waldheim schliessen die Collone -- Sie General von Milben drängen mit dem linken Flügel ein -- und Obrist Traunberg schließt den Rücken -- Sie General Oldenhorst -- Sie führen den Sturm, sobald die Bresche eröffnet -- (sieht nach der Uhr) halb 4 Uhr Morgens, um 4 Uhr ist die Zeit des Stillstandes vorüber -- die Batterien sollen von allen Seiten spielen -- Herr General von Oldenhorst erwählen Sie die Freywilligen zum Sturm.

Oldenhorst. Euer Excellenz -- das ist sehr schwer -- meine braven Kriegskameraden wollen alle stürmen -- es wird Mühe brauchen, sie zurück zu halten -- (man hört blasen.)

Prinz. Herr Adjutant -- sehen Sie, welche Nachricht man uns bringt.

(Adjutant kommt gleich wieder, und bald ein Offizier.)

Adjudant. Ein Lieutenant von Obrist Ferthins Korps.

Lieutenant. Euer Excellenz! — wir haben den Succurs geschlagen — zerstreut — wie Sand der Wind. Die Hälfte ist gefangen --

gen — die andern so zerstreut, daß sich's der Mühe nicht lohnt, die Feigen nachzuholen.

Prinz. Und Mulai Hassan.

Lieut. Ist entflohen — noch war er nicht einmal bei seinem Korps, als unser Obriste den Angriff machte, er kam, als er die Seinigen schon fliehen sah, der Oberste ist selbst in eigener Person Ihm nach — ein auserlesener Haufe folgte ihm — ich ward hieher gesandt — bei Euer Excellenz Befehle zu vernehmen.

Prinz. Braver Ferthin! — (zum Lieutenant) Der Oberste soll an den linken Flügel sich so bald wie möglich schließen — (Lieutenant ab) Noch fehlt mein braver Hauptmann Oldenberg.

## Zweyter Auftritt.

Lieutenant Binder. Vorige.

Prinz. Was bringen Sie — Sie waren ja mit Oldenberg.

Binder. (traurig) Ich komme eben von demselben an Euer Excellenz gesandt.

Prinz. Gesandt von ihm an mich — was ist mit ihm geschehen?

Binder. (schwer) Er ist gefangen —

**Alle.** (erschrocken) Gefangen — wohl gar todt?

**Binder.** Nein, nicht todt — ein Auftritt sondergleichen. Als er der Abrede nach uns in den bekannten Hinterhalt gelegt, gieng er durch die verborgenen Wege mit zwey seiner Gefährten — eine Stimme donnerte ihn an — Gefolge stürzte nach — sein Befehl rief uns zur Wehre, das Gefecht war bald entschieden — und die Anführer liefen — ihr Anführer selbst nur blieb unerschüttert — drang allein auf den Hauptmann ein — wie vom Blitz getroffen, wirft ein Blick beide in starres Erstaunen — Vater und Sohn tönte von ihren Lippen, dem Hauptmann entfielen seine Waffen — den führ ich nicht zum Tod, rief er mir zu — ich bin erst Mensch, und dann Soldat, dies ist mein Vater — er fiel zu seine Arme — ein neuer Hinterhalt stürzte durch den Zeitgewinn erfrischt hervor, verdrangen unsere Leute — und unser Hauptmann bleibt gefangen.

**Prinz.** (nach einigem Nachdenken) Den Fehler des Soldaten, wird hier ein gütiger Monarch der Menschentugend gern verzeihen -- der Vater und der Sohn -- (zum Lieutenant) Recht wohl, wir wollen ihn befreyen -- (zieht den Degen.) Sie wissen ihre Ordre, die Zeit

ein Schauspiel.

ist da -- die Adjutanten sollen mir folgen -- (alles wird in Bewegung gesetzt.)

### Dritter Auftritt.

Scene: ein kleines Gehölz, man sieht einige Tür: ken zerstreut durchlaufen.)

**Mulai.** Das waren nicht Männer, Memmen waren es -- so schändlich, über= schändlich fort zu laufen, wo bleibst du nun, du meines Ehrgeizes Rache? wo -- ihr Bilder meines Ruhmes -- Mulai -- du bist verlohren -- sogar dein scheues Roß muß dich in den Staub tretten -- das Glück flieht dich -- es mag mich höhnen -- ein Mann des Nah= mens werth, kann ja wohl auch dieser feilen Dirne trotzen -- wohin ich blicke -- ist Schimpf und Tod mein Lohn -- der Tod von meinen Feinden? -- ha schrecklicher kaum rast die Flamme des Vesuvs: als der Gedanke in meinem Innern -- der Tod von meiner Feinde Händen? wohl gar von Henkershänden -- ha Mulai-- als Mann hast du gelebt -- es ziemt dir auch als Mann zu sterben -- die Faust, die mir ein launig Glück, die süsse Rache versagte -- die strafe dich wenigstens, da sie zu rächen nicht vermag -- und so werden stolze

Deutsche ihres Sieg's zur Hälfte noch geraubt -- da Mulai's Muth doch unbesiegt blieb -- (zieht eine Pistole aus dem Gürtel sich damit zu durchschießen, indem stürzen von allen Seiten Deutsche und Muselmänner, die entkräftet und verwundet sind, herein. einige fallen dem Mulai in den Arm, entwaffnen ihn, Oberst Ferthin ihnen nach.)

## Vierter Auftritt.

### Ferthin, Mulai.

**Mulai** (entwaffnet und umrungen) Was zaudert ihr? -- ich danke euch mein Leben nicht - gebt mir den Tod.

**Ferthin.** (zu seinen Leuten) Haltet ihn -- laß keiner sich's gelüsten, den Bassa anzurühren -- ergieb dich Mulai -- dein Muth wird tolle Kühnheit --

**Mulai.** (da er den Ferthin erkennt) Ha du! -- Entsetzen, das mir jedes Haar sträubt -- von meinem Todfeind noch gefangen -- du triumphirest auch da -- es sey -- ganz sicher wird mein Fall um einige Stuffen dich erhöhen -- wohl, wohl, doch unter eines Henkershand sollst du mich doch nicht zittern sehen.

**Ferthin.** Du irrest dich Mulai -- ich habe nur mein Wort gelöset -- wie lieber wollt ich dich als Bruder umarmen -- dein Stolz macht dich vergessen -- fallen. Auf! meine Kinder die Festung wird bereits gestürmt.

(alle ab.)

## Fünfter Auftritt.

(Scene: ein Gefängniß in der Festung.)

Selima, Ali.

(Beide gefesselt -- Ali sitzt im Hintergrunde auf einem Stock, die Hand auf einen etwas höhern gestützt, auf dem eine Lampe brennt. Selima neben ihm, verbirgt das Gesicht in ihre Hände, die Sie um seine Füsse stützt, beide bleiben eine Pause lang stumm, man hört dumpf die Belagerung.)

Selima. (nach einiger Zeit richtet sie sich auf, blickt den Hauptmann an, der sie aber nicht gleich bemerkt.) O fasse Muth! -- Geliebter! fasse Muth!

Ali. (wie erwachend) Muth! -- Weib meiner Seele, o es liegt schwer auf mir.

Selima. O Mann, ich faß dich kaum -- so muthvoll in den augenscheinlichsten Gefahren -- so tapfer, groß und kühn in tausend Todesfällen und hier! hier so ganz versunken, mein Geliebter -- mein Geliebter -- mein Ali!

Ali -- so wirst du mir wohl lange noch in Deutschland heißen --

Ali. In Deutschland? -- o! -- (verbirgt sein Gesicht.)

Selima. Was ist dir -- Lieber warum bebst du zurück? Ist Deutschland nicht der Nahme unsers ungestörten Glücks? -

Ali. Selima -- Weib meiner Seele -- es war ein süsser Traum! --

Selima. Ein Traum -- ein Traum? Das Glück der Liebe? Ali -- sprich, bei jenem ewigen Gott beschwör ich dich, entdecke mir -- was kann uns wohl geschehen -- o dieser Blick, voll der Grausamkeiten der Schmerzen -- mein Ali -- sprich, was fürchtest du -- denn? -- Selima stirbt mit dir.

Ali. (Selimen zärtlich umarmend) Den Tod? -- Weib! wann hab ich davor gezittert? -- nur diese Todesart ist schrecklich! --

Selima. Diese Todesart -- so ist's doch Tod? -- warum den aber Tod -- was ist denn dein Verbrechen? -- (plötzlich als wie aus einem Traum erwachend) ha! Träumer, was fürchtest dich vor dem Tod, sind wir nicht die Gefangenen unsers Vaters -- (ihn freudig küssend) warum sollen wir denn sterben, er wird doch seine Tochter nicht -- nicht seinen Sohn mor-

ein Schauspiel.

den -- sey muthig lieber Ali -- wir werden leben Hand in Hand.

Ali. (mit tiefer Schwermuth aber gefaßtem Sinne) Mein liebes Weib! noch kennst du den Abgrund nicht, an dem ich stehe -- es ist dein Werk, o Vorsicht! -- ich darf nicht klagen, o daß sein Stahl mein Herz getroffen hätte -- daß er doch selbst in diesem Augenblick, die mächtige Natur verläugnen könnte -- ich wäre mit Ehren doch gefallen. --

Selima. O sprich doch deutlicher -- sieh, auf meinen Knien bitte ich dich.

Ali. Der Mann, an den ich mich ergab, ist nichts geringers, als mein Vater! --

Selima. Dein Vater? -- also doch ein Muselmann?

Ali. Für itzt. Gekränkte Ehre reitzt ihn, sein Vaterland zu fliehen -- er kam zu euch, die Aenderung seines Bekenntnisses sollte ihm zu seiner Rache helfen -- er stritt wider uns -- und ich, ich Unglückseliger, ich ward sein erster Gegner -- schon lange steht auf seinen Kopf Belohnung -- er war in meinen Händen -- soll ich zum Vatermörder werden? -- o Weib! -- dein Mann stirbt eh durch Henkers Hände! --

Selima. Du? — du sollst sterben — aber sag warum? -- nur dies ist mir ein Räthsel. —

Ali. Es ist des deutschen Kriegsmanns heiligstes Gesetz, nie seinen Posten zu verlassen, — der Offizier hat doppelt diese Pflicht — der Tod ist billig, seine Strafe — hier kann nicht Gunst — selbst kein Verdienst kann hier der Strafe Linderung gewähren.

Selima. (freudig) So dank' ich Gott, daß wir gefangen sind, bei uns ist dies Gesetz nicht ganz so strenge! —

Ali. O armes Weib! — wie täuscht du dich, — noch wenige Stunden, und die Festung ist erstiegen — da nutzt kein Widerstand, wir sind dann wieder unter deutscher Herrschaft — und Eichenkron ist dann mein Richter! — doch dies ist's nicht, was meine Seele beugt — das Schicksal meines Vaters brennt an meinem Herzen —

Selima. Deines Vaters! — was fürchtest du für ihn? —

Ali. Kannst du den Sohn um diese Furcht befragen? -- hast du vergessen, daß auf seinen Kopf Belohnung haftet? --

Selima. Die Flucht wird ihn erretten.

Ali. O man entflieht den Deutschen nicht so leicht --

Selima. O laß nur mich, ich will für dich und deinen Vater bitten beim General -- bei euerm König -- denn ihr sollt -- ihr dürft nicht sterben -- der König -- der wie du so oft geschworen -- ein so guter König ist; wird mich nicht itzt zur Wittwe machen -- mein Ali! -- weg mit diesen schweren Blicken -- ich rette dich -- ich -- sterb mit dir! --

Ali. (an ihrem Halse) Gott! -- solch ein Weib -- und doch so nahe sie verlieren zu müssen. --

## Sechster Auftritt.

**Abdimalek. Vorige.**

Abdimalek. (im hereintretten) Es will nirgends mehr recht fort -- ich will doch hier einmal meine Rolle spielen.

Selima. (sich an den Hauptmann furchtsam schmiegend) Horch -- hörtest du nicht eine Stimme? --

Ali. (einige Schritte dem Derwisch entgegen gebend) Wer seyd ihr -- was wollt ihr?

Abdimal. (hervortrettend) Die Gnade des Propheten wolle mich stärken -- fürchtet euch nicht lieben Kinder -- ich bring' euch Trost des Himmels.

Ali. Kömmst du Verwegener selbst, die Tugend hier zu lästern? --

Abdimal. O das verhüte der Prophet -- ich war von jeher einer der wärmsten Freunde -- im Unglücke, ja am Rande des Grabes mußt erst du mich schätzen lernen.

Selima. Am Rande des Grabes? sagst du Derwisch -- o Entsetzen, woher -- woher hast du diese Schreckenspost? —

Abdimalek. Vom Bassa Mulai — das Volk — das ganze Volk verlangt des Christen Tod —

Selima. O Jammer, unaussprechlich — Ach Ali! ach ich sterbe mit dir.

Abdimal. O dieses Geistes Stärke, Mädchen ist sichtbarlich die Gnade des Prophetens — ha, so entschlossen hätte ich nicht geträumt, Selima, dich zu finden — das ungerechte Volk, daß solch ein unschuldvolles Blut begehrt — ich hab's wohl sattsam ihm verwiesen, allein, wer dämpft die Wuth — o gutes Mädchen, wie dauerst du mich —

Ali. (mit Anstand) Daß deine Frömmigkeit dir nicht die Zunge lähme — was hast du uns wohl zu verkünden? —

Abdimal. Ach Bruder! — lieber Bruder! — es drückt mir fast das Herz entzwey — das Volk — das böse Volk verlangt eurer beiden Gurgel — wie wüthend drängt es um den Bassa sich — droht das Gefängniß einzusprengen, euch selbst zu würgen, wenn er nicht beide — dich als Verräther -- das

Mädchen als Abtrünnige an den lichten Galgen hängen läßt. -- Der Bassa erst -- ich möchte mich für eure Tugend heiser schreyen -- ich konnte nichts erhalten -- als daß man euch die Köpfe abschlagen wird -- man sucht euch schon -- der Bassa droht und fleht -- ich schlug mich durch den engsten Weg hieher -- und will doch wenigstens für eure Seele sorgen. --

Selima. (den Hauptmann umarmend) Sie wollen unser beiden Tod! -- ha Derwisch, die Nachricht dank ich dir -- ich sterbe ja an meines Ali Seite! --

Ali. Ha, auch noch diesen Stoß -- daß diese Wuth des armen Vaters Brust zerreisse --

Abdimal. Seyd ruhig, Kinder -- des Propheten Schoß erwartet euch, -- du gutes Mädchen wirst ja leicht den Fehler bereuen, daß du dem Christen Glauben dich in die Arme warfst -- es war die Liebe, die dich blendete -- ich spreche ohne Sorge dich von der Schuld frey.

Selima. (ohne seiner zu achten) Ach Ali! -- Ali! -- ich höre nichts, als dich -- ich sehe nichts als dich! -- o laß die Erde über uns zusammenstürzen -- ich bin in deinen Armen. --

**Ali.** So jung! -- so zart -- und doch den Tod so wenig fürchtend -- Weib! du erhältst meine Seele! --

**Abdimal.** Dich treuer Freund, wünschte ich von meinem heissen Eifer besser zu belehren -- o Freund -- das Herz blutet mir bei deinem Anblick -- gern wünscht' ich dich mit meinem Blute zu retten -- oder deine Seele wenigstens -- ja! ja! wer weis, ob selbst die Gnade des Propheten hier nicht ganz sichtbarlich das Volk überwalte -- ob nicht gerührt durch deine reuige Rückkehr, ob nicht der Beitritt selbst zur Fahne Mohamets -- des Volkes Gnade dir zuwegen bringen könnte.

**Ali** (mit Verachtung) Du hast die Rolle ausgespielt -- als Schurke -- der deutsche Hauptmann hat mit dir nichts mehr zu handeln, und Ali's Freund zu seyn, das lasse dich nie gelüsten.

## Siebenter Auftritt.

### Julie. Vorige.

| | | |
|---|---|---|
| Julie. | (fast zugleich fallen einander an den Hals) | Meine Selima! |
| Selima. | | Meine Julie! |
| Ali. | | Meine Freundin! |

Julie. Hier muß ich euch finden! — das bricht mirs Herz.

Ali. Ihr Anblick bringt meiner Liebe Trost! —

Selima. O Julie! was macht mein Vater? —

Julie. Als Mensch fühlt er den Schmerz, doch unterliegt er ihm als Weiser nicht — er sendet mich, euch seinen Segen zu überbringen — er wagt's, das Volk erst zu besänftigen, dann kömmt er selbst hieher.

Selima. Ach dieser gute edle Vater — ach könnte ihn mein Tod doch ruhig machen! —

Julie. Es ist Verrätherey! — Die Wuth des Volkes ist so hoch gereizt, daß selbst der Festung augenscheinlichste Gefahr die Wuth des Pöbels nicht zu halten fähig ist! —

Ali. (an Selima's Hals) Laß uns im Tode deines Vaters würdig werden — Weib! sieh das Loos der Sterblichen.

Selima. (an Julens Hals) O Julie, verlaß nur meinen Vater nicht! —

Julie. Mit ihm, mit euch, schwör ich zu sterben.

## Achter Auftritt.

Selim, (vieles Gefolge mit Fackeln.)

Vorige.

(Selim bedroht einige, die sich vordrängen wollen, mit seinem Schwert.)

Zurück Verwegene, mir ziemt's allein, die Schuldigen hier zu vernehmen — wo sind sie? — (erblickt sie, bebt zurück, mit einer Uiberströmung von Schmerz halb für sich) Selima! — du mein Sohn! —

Selima. (fällt ihm zu Füssen) Mein Vater!

Julie. (ebenfalls) Herr! schone ihrer!

Ali. (mit Würde) Ich bin dein Gefangener!

Selim. Hart prüft das Schicksal mich, mich selbst verdammt das Volk — und gibt mir den Verrath der Festung Schuld.

Ali. Ach könnte doch mein Tod euch Glück und Ruhe bringen, mit Freuden gäb' ich mein Blut dafür hin — nur schonet meines Weibes, eurer Tochter!

Selima. (mit dem innigsten Schmerz zwischen beede trettend) O meine Kinder! — mein Herz bricht zwar — doch darf der Mensch den Bassa hier nicht übertreffen — seyd stark, wenn ihr doch fallen müßt — entdecket hat der Derwifch) euch — und Frank ist allbereits des Volkes Opfer — die Festung ist verlohren — ich kann nur sterben, zu vertheidigen ist sie schlechtweg nimmermehr — ich will mein Haupt mit euch dem Streiche bieten. —

Julie. (weint) Entsetzlich! —

(ein Aga kömmt)

Aga. Herr eilt! rettet, Hilfe -- die Bresche ist eröffnet -- die Deutschen stürmen -- stürmen schon --

Alle. Auf! auf! -- haut den Verräther hier zusammen -- den Kristenhund! --

(Die Bombardirung wird heftiger, das Geschrey lebhafter, und man drängt von allen Seiten zu, den Bassa zu holen, wobey man vorzüglich eine gute Gruppe anempfiehlt.)

Selim. Zurück! -- mit mir an den Wall, dort sollt ihr genug zum Morden finden -- ist der Verräther des Todes schuldig -- so wird nach abgeschlagenem Sturm sein Tod euer Fest, und Bösewichtern ein Beyspiel seyn, fort auf den Wall! -- (will fort, Selima, Ali fallen ihm an den Hals)

Selima. ⎤ Mein Vater!
Ali.     ⎦ Mein Vater!

Selim. Meine Kinder, o! der letzte, süsse Augenblick -- ich geh für euch zum Tod.

Julie. (wirft sich zwischen sie, hängt sich an den Bassa, der sie nicht losbringt, und folgt ihm mit

den Soldaten) Und ich mit dir, so wahr ich ei=
ne Deutsche bin.

**Ende des vierten Aufzugs.**

---

## Fünfter Aufzug.

(Scene in der Moschee.)

(Man hört die heftigste Kanonade und Sturmglocke.)

### Erster Auftritt.

(Imans, die auf ihrem Angesichte liegen, und nachste=
henden Chor singen, den das umstehende Volk
wiederholt.)

#### Chor.

Alah sieh auf uns herab,
Stürze unsere Feind' ins Grab!
Höre unser Angstgeschrey,
Mahomet! o steh uns bey. —
(wird zweymal wiederholt)

Iman. Hört, wie die Feuerschlünde der
Christen rasen -- Söhne Mohamets -- fort,
fort zum letzten Widerstand! -- zum ehrenvol=

len Tod wenigstens -- es stärke euch der Prophet! --

## Zweyter Auftritt.

(Janitscharen, Spahis und Gefolge stürzt wüthend voraus hinein, Bassa Selim mit der Fahne Mahomets bald darauf, nach ihm Julie, vieles Volk drängt sich nach.)

Volk. Verlohren! verlohren! rettet! rettet! -- Bassa rettet euer Leben.

Selim. Hier will ich sterben -- Leute! ich verlaß euch nicht, der Fahne Mahomets schwur ich Treue, mit meinem Tode soll man sie aus meinen Händen winden. --

Iman. Herr! jeder Edle gibt das Zeugniß dir, daß du als Mann, als Freund des Vaterlandes fochtest -- des Schicksals Macht -- Ergebung ist das Los der Sterblichen -- wir danken dir --

Alle. Wir danken Bassa dir, wir sterben auch mit dir! --

Selim. (mit Thränen) Euer Dank bricht mir das Herz! -- könnte ich mit meinem Tode euch retten -- ha! -- horcht -- ich hör' ihr Siegesgeschrey (man hört Geschrey, Trompeten und Jubel der Teutschen) Laßt uns als Männer sterben --

I

Julie. Ergieb dich, schone dein theures Leben -- um Gotteswillen bitt' ich dich! --

Selim. Dir diesen Kuß -- mein Blut dem Vaterlande, und meiner Pflicht. -- Besetzt die Eingänge -- und streitet, -- noch den letzten Kampf. (sie ordnen sich)

### Dritter Auftritt.

(Die deutschen Grenadiere stürmen die Thore, werfen die Wehrenden über den Haufen, und drängen von allen Seiten zum Gefecht, die Türken werden entwafnet.
Der Oberste, nach ihm der Derwisch.

Oberste. Schonet Kinder, was zu schonen ist -- ihr seyd schon Sieger -- vor allen nur des Bassa Leben.

Abdim. (zum Obersten) Laßt mich nur über den -- der soll euch nichts mehr schaden. --

Oberste. Willst du den Degen bis ans Gefäß in deinem Busen spüren, so wage dich an mich. Es lebe der König -- es lebe Eichenkron! (alles ruft nach)

Selim. (dem die Grenadiere die Fahne aus den Händen winden) Gebt mir den Tod -- ihr tapfern Männer, es ist nicht Schande von eurer Hand zu sterben.

## Vierter Auftritt.

**Prinz mit Generalen und Stabsoffizieren.**

(Alles ruft) Es lebe Eichenkron! (Trompeten)

**Prinz.** (auf Selim zueilend und Julie ihm entgegen) Der Bassa ist doch wohl am Leben? —

**Julie.** Mein Bruder! — o Eichenkron — schont den edlen Mann! —

**Prinz.** Die Stimme würd' ich überhören, spräch nicht der laute Ruf erfüllter Pflicht zu mir — Sie haben als Mann von Ehre für ihre Pflicht gestritten — der deutsche Muth kann sie nicht schänden — und für des Glückes Ausschlag gebührt der Dank dem Ewigen allein — kein Übermuth soll diesen schönen Tag betrüben; als Überwinder reich ich Ihnen meine Hand, als Mensch mein warmes Herz.

**Selim.** (fällt bey des Prinzen Anblick in seine vorige Düsterheit zurück) Herr die Vorsicht hat den Tod mir versagt — mein armes Vaterland blutet — ich kann's nicht retten — doch unter diesem mannigfaltigen Schmerzen ist der Gedanke Trost — doch Euer Gefangener zu seyn. (steht auf, und reicht seine beiden Arme zum Fesseln dar) Hier ist mein Arm!

**Eichenkron.** Mein König fesselt Menschen nur durch Liebe — Sie gelten mir als Bruder. (reicht ihm die Hand)

Julie. O ja, als Bruder! (an den Hals fallend) und nun die Umarmung des Wiedersehens.

Selim. Solchen Edelmuth muß man nur unter Deutschen suchen — Prinz! ich bin wirklich Euer Gefangener — bin Euers Königs treuester Unterthan — und wollt ihr mich ganz glücklich machen, so nehmt mich wahrhaft als Euern Bruder auf. — Eure Schwester —

Julie. Bleibt ewig dieses Mannes, macht uns glücklich.

Eichenkr. Das kann nur unser Bekenntniß — kann ich auch wohl über ihre Gründe siegen?

Selim. Prinz! auch wir verehren ihr Bekenntniß — der Himmel — ob in diesem oder jenem Bilde — will ja unsere Ruhe, und die liegt einzig nur in diesem Mädchenherzen. (reicht dem Mädchen und Eichenkron die Hand.)

Julie. (umarmt ihn) Mein Bruder! doch wo bleibt denn Ferthin? (Trompeten)

## Letzter Auftritt.

Ferthin mit Soldaten. Hauptmann Oldenberg. Selima. Vorige.

Selima. (hereinstürzend, fällt ihrem Vater um den Hals) Laßt mich an euerm Halse sterben. —

erblickt den Generalen, und fällt ihm zu Füssen) Ach, Gnade! Gnade nur für ihn, für meinen Ali! —

Julie. (hebt sie auf) Komm Schwesterchen, sprich nichts vom Tode — von Glück, von Freude laß dein Herz schlagen. (zum Prinzen) Mein Bruder! —

Eichenkr. Ha! ha! das liebe Paar! — (zu Oldenberg, der mit gesenktem Haupte in einiger Entfernung stehen bleibt) Herr Hauptmann! als Kommandant habe ich sehr strenge, über die verletzte Pflicht zu rechten — Sie haben Ihren Posten ohne Noth verlassen — Sie kennen das Gesetz — ihr Urtheil ist —

Hauptm. (mit gelassener Würde) Tod! —

Eichenkr. Als Kommandant. — Der beste König gab mir aber unumschränkte Vollmacht — ich darf hier den Sohn vom Soldaten trennen. — Sie leben.

Selima. (fällt ihm an den Hals) Lebt -- und ist mein! —

Alle. Es lebe Eichenkron!

Eichenkr. Wir haben ihm als Soldat nichts weniger als die Festung selbst zu danken — der König hat sich selbsten die Belohnung vorbehalten — mein Dank, den ich dem edlen Jüngling gebe — ist das Leben, die Begnadigung ihres Vaters.

Hauptm. (stürzt zu seinen Füssen) Prinz! — Schutzgott — ich erliege dem Gefühle — mein Vater — Leben — Verzeihung — o helft — helft mir danken.

Selima.] Mein Bruder -- Prinz! -- sieh
Julie.   ] unsere Thränen!

Alle. Es lebe Eichenkron! es lebe unser Eichenkron!

Selim. (hebt den Hauptmann auf) Komm, komm in meine Arme! mit dem Gefühle kannst du n**Menschen glücklich machen -- nimm hier zum zweytenmahl aus meiner Hand meine Tochter! -- Sie werde Christinn -- werde dein -- o Prinz! Sie gießen Segen um sich her -- der Gott, den wir doch alle lieben, wird sie lohnen.

Eichenkr. Und nun kommt, kommt meine Freunde -- Sie braver Ferthin, haben doch den Bassa gut verwahrt?

Ferthin. Ich glaube pünktlich meinen Befehl erfüllt zu haben -- Scham, Reue und Gewissensbisse, die auf der Stirne dieses Mannes schweben, haben bereits die höchste Vorsicht nöthig gemacht.

Eichenkr. Und nun kommt, kommt Kinder! ihr meine getreuen Kriegsgefährten! empfangt hier meinen wärmsten Dank -- der König wird jede einzelne That, die mir gewiß nicht entgehen soll, belohnen -- euern schönern Lohn müsse das Gefühl in eure Brust legen, daß ihr durch Tapferkeit und Treue bewiesen habt -- daß ihr -- Deutsche seyd.

Alle. Es lebe unser König! es lebe Eichenkron!

(Siegesgeschrey und Musik.)

(Ende des Schauspiels.)